Reparando Corazones
En
Crystal Cove

José F. Nodar, Publisher

Northport Booksellers Spring Farm NSW Australia
2570

ISBN 978-1-7637054-0-1- (Impreso)
ISBN 978-1-7637054-1-8 - (E-book)

Editado y traducido por: Verónica Martínez Zavala

AGRADECIMIENTOS

Ante todo, deseo agradecer el apoyo espiritual y moral que yo recibí de mi esposa, Miriam V. Nodar.

¡Te dedico este libro, Red!

Sin este apoyo y los numerosos desayunos, almuerzos y cenas que ella ha preparado para mí durante nuestros veintitantos años de matrimonio, no tendría fuerzas para sentarme frente a una pantalla y golpear las teclas.

En segundo lugar, me gustaría agradecer a todos mis lectores que se suscribieron a mi boletín y a aquellos lectores que compraron mis libros anteriores.

¡Sus comentarios, conocimientos y aliento me mantienen activo todos los días para sentarme, soñar y golpear las teclas!

ÍNDICE

Capítulo 1

Ya No Hay Certeza

Sentado solo, en su mesa favorita en el White Sheep, Danny Monk no podía quitarse de la cabeza la sensación de que el tiempo había pasado tan lento que parecía como si se hubiera detenido. Tenía tantos pensamientos que le pasaban por la cabeza. Hace siete meses le propuso matrimonio a Alessia Vassallo y recibió una respuesta sorprendente.

"Bueno…" dijo Alessia, mientras su voz se apagaba, dejando a Danny en un estado de animación suspendida. Sintió que su corazón latía con fuerza y los segundos se alargaban hasta la eternidad. Quería llenar el silencio con palabras, con risas, con alivio, pero estaba atrapado en ese frágil momento, incapaz de predecir hacia dónde se inclinaría.

Danny todavía recuerda ese momento como si el tiempo avanzara lentamente y los labios de Alessia se curvaran en una pequeña sonrisa, una mezcla de felicidad e incertidumbre. Recuerda que su corazón saltó, pero la palabra "Bueno…" todavía resonaba en su mente. El entusiasta "¡Sí!" que había estado esperando no llegó. No fue la respuesta jubilosa que habría desatado un torrente de emociones, amor y celebración. Había algo inusual en ello, algo que no podía categorizar. Una respuesta simple: "Bueno…", que se perdió en el abismo.

En ese momento, hacía ya siete meses, sintió que necesitaba hacer algo. La tensión del momento era insoportable. Le dijo: "Alessia, dije cada palabra en serio. Quiero pasar el resto de mi vida contigo. Pero necesito saber qué piensas. ¿Qué hay detrás de ese 'Bueno…'?".

No obtuvo su respuesta.

Alessia simplemente fue a la puerta principal, la abrió y sin mirar atrás, se fue, dejándolo a él y a su compañero espiritual, Albert Matthew Guzmán, en shock.

Siete meses después, mientras Danny toma un sorbo de su bebida favorita, un mojito, ve a su mejor amigo entrar al pub y, como siempre, Albert está vestido de gala.

"Danny, cariño, sabía que estarías aquí. Pasé por tu tienda, vi que estaba cerrada y que no había luces en el piso de arriba de tu apartamento de soltero, así que supuse que éste sería el lugar donde estarías, y tenía razón". Albert le señala el mojito a Maire para que ella le pida a Angus, el barman, que traiga dos a la mesa.

"Cariño, háblame. No estarás aquí deprimido, ¿verdad?".

"No, no lo estoy Albert", dijo Danny con una voz poco convencida.

"Bien, porque tengo mucho que contarte sobre el progreso de nuestra nueva empresa, "Locks & Loaded". Estamos listos en un noventa y ocho por ciento para abrir según lo previsto. Solo estoy esperando la confirmación del Ayuntamiento de Northport de que el alcalde asistirá y hará los honores de abrir la tienda. Tenemos las ocho sillas reservadas para todo el día. Será una inauguración fabulosa, ¡simplemente maravillosa!".

"Oh, sé que lo será Albert, no tengo ninguna duda. Tienes a algunas buenas personas que vinieron contigo desde 'Cut Me Crazy', lo que molestó a la mafia que te compró, pero como sabes, no pueden poner todo en el contrato de venta y olvidarse de la cláusula de no competencia, bueno, eso fue una casualidad, así que todo fue justo".

"Estoy de acuerdo, dulzura Danny. Me alegro mucho de que nuestro abogado haya visto que la avenida estaba abierta y nos hayamos lanzado a aprovecharla", Albert rió un poco mientras decía eso.

Marie se acerca con los dos mojitos, recoge el vaso vacío de Danny y, con su sonrisa habitual, regresa al bar.

Albert toma el primer sorbo y deja escapar un leve suspiro. "Delicioso, como siempre. No le enseñaste a Marie a prepararlos, ¿verdad, cariño?".

Danny sonríe: "No, no lo hice yo, Albert. Todo el mérito es de ella", y bebe su propio sorbo. Sí, un mojito buenísimo, piensa Danny.

"Estarás en la gran inauguración, ¿verdad, Danny?".

"Por supuesto, Albert. Es nuestro día para brillar y hacerle saber a Northport que la mejor peluquería de todo Sídney ya está abierta al público".

"Brindaré por esa declaración", responde Albert, bebiendo de un trago su mojito y haciendo un gesto a Marie para que traiga otras dos bebidas.

"¡Vaya Albert, este será mi cuarto mojito y aún no he almorzado!".

"Bueno, ya somos dos los que no tenemos almuerzo, así que pidamos algo porque yo también tengo hambre", responde Albert, tomando los menús del almuerzo y pasándole uno a Danny.

Después de un breve vistazo, Albert tiene su respuesta: "Esto suena bien. ¿Qué tal si pedimos dos abulones fritos con calabacín y ajo? Suena delicioso. Tal vez le añadamos un poco de pan con ajo para absorber los jugos y un poco de ensalada con aguacates. Me encantan".

Danny no tardó mucho en aceptar, se levanta y se acerca a Marie, que estaba hablando con Angus en la barra, hace el pedido y se dirige al baño.

Danny entró al baño, pero no para aliviarse. Era un camello y ese momento no era diferente. Quería echarse un poco de agua en la cara. Albert le preguntó si estaba deprimido y él le dijo que no, pero sí lo estaba y necesitaba salir de ese estado.

Los últimos siete meses han sido emocionantes con el nuevo negocio en marcha, pero también deprimentes por la respuesta de Alessia a su propuesta de matrimonio. Necesitaba salir de ese estado mental, tal como dijo Albert.

Danny se paró frente al espejo, rodeado por las sombras de sus propios pensamientos, y se dio cuenta de que no podía seguir deprimido para siempre. Su mundo se había convertido en un bucle monótono de autocompasión y dudas, y sabía que tenía que liberarse de él. Su vida se había estancado y anhelaba un cambio, algo diferente. Sabía dos cosas con certeza: primero, sus "días de adquisiciones" habían terminado y, segundo, el karma tiene una forma de volver y morderte el trasero, así que no iba a correr más riesgos.

Se frotó los ojos cansados y dejó escapar un profundo suspiro. Era hora de actuar, de aclararse la cabeza y encontrar la paz que tanto necesitaba. Danny cogió su teléfono y empezó a ver las fotos que había tomado en épocas más felices. Entre ellas, se topó con una foto de una playa serena en el norte, con el sol poniéndose en el horizonte. Eso era todo. La inspiración que necesitaba.

Con renovada determinación, Danny puso en marcha su plan. Regresó a la mesa dispuesto a almorzar e incluso a contarle a su querido amigo su plan.

"Mi querido niño, estuviste allí mucho tiempo. ¿No hubo problemas?", insinuó Albert, un tipo listo.

"No, Albert, más bien inspiración. Después de la comida, te contaré adónde me llevó la mente. Y aquí viene Marie con nuestro pan de ajo y ensalada. Vamos a comer".

La ensalada de aguacate era un plato sencillo de aguacates en rodajas, un puñado de cebollas finamente cortadas y pequeños tomates espolvoreados con unas motas de queso parmesano. Es extraño, pero Danny sabía que el chef del pub "White Sheep" no era un cocinero de pub común y corriente. Solo mira la selección del menú, pensó Danny. ¿Quién pensaría que un pub tendría abulón frito con calabacín y ajo como plato especial del almuerzo?

El pescado llegó antes de que pudieran terminar el pan de ajo, se veía maravilloso y el aroma era divino. Lo sirvieron en un plato hondo, los jugos rodearon los filetes de pescado y el pobre abulón fue devorado rápidamente.

"Fue una elección excelente, aunque no lo diga yo mismo, cosa que hice", dijo Albert, soltando una de sus tontas risas.

"Y ahora, ¿cuál fue esa epifanía a la que llegaste en el baño?".

"Pidamos un jerez antes de empezar, ¿de acuerdo?".

"Nunca le digo no al alcohol, cariño, ya me conoces", mientras Albert saluda a Marie, quien se acercó y tomó el pedido de dos bebidas Harvey Bristol Cream, que no le tomó mucho tiempo entregar.

Después de tomar un sorbo, Danny comienza.

"Albert, necesito un tiempo libre. Mi mente está lejos de 'Village Books & Stuff' y de nuestro nuevo proyecto 'Locks & Loaded'. Necesito tiempo para relajarme y ver qué tengo que hacer para superar este fracaso con Alessia".

"Ya veo", dijo Albert, bebiendo de un trago su jerez, sorprendido por la declaración de Danny. "¿Adónde y por cuánto tiempo, mi querido muchacho, piensas ir?".

Danny saca su teléfono y le muestra a Albert su foto de inspiración.

"Bien. Entonces, ¿ya has estado allí antes?".

"Sí, hace mucho tiempo, antes de comprar la librería. Seguro que ha cambiado un poco, pero me encantaba y estoy seguro de que podría alquilar una habitación en una posada en la playa durante un par de meses y ponerme las pilas".

Albert no dice una palabra durante lo que parece una eternidad, lo cual es muy inusual en él, pero Danny esperó pacientemente a que su amigo pensara y respondiera.

"Danny, mi amor, todo lo que siempre he querido para ti es que seas feliz. Sé que contrataste a ese jovencito delicioso, Peter, para que te ayude a dirigir 'Village Books & Stuff' y, por nuestras conversaciones anteriores, está haciendo un trabajo maravilloso. Un pequeño ascenso de subdirector a director, un ligero aumento en su salario y hará un trabajo aún más maravilloso para ti mientras estés fuera. Así que esa parte de tu negocio está cubierta. Nuestros otros intereses comerciales en la floristería 'Ophelia's Pink Petals' y 'Petite Maison' seguirán funcionando bien cuando estés fuera y, por supuesto, te mantendré informado de cómo nos va con 'Locks & Loaded'. Quiero que estés en la gran inauguración de 'Locks & Loaded'. Estarás allí, ¿verdad? ¿No planeas irte antes de esa fecha?".

"Por supuesto que estaré allí. Dije que estaría y siempre cumplo con mi palabra. Me iré después".

Se notaba un suspiro de alivio en Albert. Sabía que la gran inauguración era importante para ambos y habíamos decidido que el nombre de esta empresa conjunta sería: "Locks & Loaded" una noche en "Petite Maison", donde el vino fluyó toda la noche y, bueno, nos emborrachamos. De alguna manera, eso se nos quedó grabado en la mente y así nació "Locks & Loaded".

"Oh, mira la hora. Me tengo que ir. Tengo que reunirme con algunas personas. Nos vemos pronto y te informaré sobre el alcalde en cuanto tenga noticias". Albert se levanta y le da un rápido beso en la mejilla a Danny y, como siempre, le deja la cuenta.

Necesitando más tiempo para pensar, Danny le hace un gesto rápido a Marie mostrando su bebida de jerez y ella, rápidamente, trae otra.

Después de la gran inauguración y de encargarse del ascenso de Peter a gerente de "Village Books & Stuff", haría algunas maletas, dejaría atrás su zona de confort y emprendería un viaje hacia el norte, hacia esa playa tranquila. Allí, esperaba encontrarse a sí mismo, reencontrarse con la persona que solía ser antes de que los desafíos de la vida lo agobiaran.

Danny toma una servilleta y comienza a hacer una lista de las cosas que quiere llevar: un cuaderno para anotar sus pensamientos, una guitarra para cantarle una serenata a las olas y algunos libros que llevaban mucho tiempo acumulando polvo en la estantería de su casa. Con cada artículo que añadía, sentía que su vida recuperaba su propósito.

Estaba decidido a deshacerse del peso de sus preocupaciones, aprender de sus errores y, lo más importante, redescubrir la alegría en las cosas simples que una vez lo habían hecho sentir verdaderamente vivo.

Marie regresa con la cuenta y una rápida mirada a ella le hizo sonreír.

"Vas a extrañar esto, querido Albert. ¿Quién va a pagar tus comidas cuando yo no esté aquí?". Danny sonrió para sí mismo, sintiéndose ya inseguro.

Capítulo 2

Gran Inauguración

Finalmente llegó el día de la gran inauguración de "Locks & Loaded" en el bullicioso corazón del CBD de Newport. Main Street rezuma un ambiente elegante y pintoresco en Northport, con sus boutiques de moda y cafés elegantes, lo que crea una sensación de anticipación en el aire. La élite de la moda de la ciudad, las celebridades y los creadores de tendencias se habían reunido para la gran inauguración de "Locks & Loaded", un nombre que rápidamente se convertirá en sinónimo de glamour y lujo. La noche estaba llena de susurros de emoción y el lugar en sí era un testimonio de opulencia.

Albert y Danny compraron un edificio histórico, restaurado meticulosamente para devolverle su antiguo esplendor. La fachada estaba adornada con brillantes detalles dorados y una encantadora marquesina deletreaba el nombre del salón en elegante cursiva. Una alfombra carmesí se extendía desde la entrada hasta la calle, proporcionando un camino para que la élite de la ciudad hiciera su entrada triunfal.

A medida que el sol del atardecer se ocultaba en el horizonte, llegaron los primeros invitados, que descendieron de elegantes coches negros y caminaron por la alfombra roja con una gracia que parecía inherente a su estatus. Los paparazzi tomaron fotografías de los glamurosos recién llegados, que llenaron el aire con los flashes de las cámaras y el murmullo de la multitud.

En el interior, el salón era una visión de belleza. Albert se había esforzado al máximo y a Danny no le importó.

Del techo colgaban candelabros de cristal que proyectaban un suave y cálido resplandor sobre los suelos de mármol y los lujosos asientos de terciopelo. En las paredes había espejos gigantes que reflejaban los intrincados peinados de los estilistas del salón, que atendían con gran habilidad a sus clientes. El aroma de los perfumes exóticos se mezclaba con el sutil aroma del café recién hecho, creando un ambiente embriagador.

El momento culminante de la velada fue, por supuesto, Albert, que se describió a sí mismo como un visionario en el mundo de la peluquería. Es un icono de la elegancia, con su pelo rubio perfectamente peinado, su atuendo extravagante y su porte que llamaba la atención. Albert se movió entre la multitud, saludando a los invitados con encanto y gracia, su sonrisa irradiaba la pasión que siente por su oficio, y las seis copas de champán también le allanaron el camino.

Durante toda la noche, hubo demostraciones en vivo a cargo de los diez mejores estilistas del salón. Transformaron a sus clientas, cada una un lienzo en blanco, en obras de arte. Los estilistas realizaron demostraciones en vivo durante toda la noche, creando elaborados peinados recogidos, intrincadas trenzas y deliciosos rizos con la precisión de un maestro. Esto provocó exclamaciones de admiración de los espectadores.

A medida que avanzaba la velada, la energía de la gran inauguración seguía creciendo. Los invitados se mezclaban y charlaban, bebían champán y degustaban deliciosos canapés creados por un reconocido chef. Cada vez que podía, Albert se dirigía a la multitud, expresando su gratitud por su presencia y su visión de "Locks & Loaded" como un santuario de belleza y estilo en la ciudad.

La noche culminó con un desfile de moda, donde las modelos desfilaron por una pasarela mostrando peinados innovadores, siendo cada look un testimonio de la creatividad y la experiencia de los talentosos estilistas del salón.

Cuando la última modelo hizo una reverencia y los aplausos llenaron la sala, Albert se paró al final de la pasarela, con un brillo de orgullo en sus ojos. "Locks & Loaded" había abierto oficialmente sus puertas al mundo y estaba claro que se convertiría en un faro de lujo, un lugar donde la belleza y el glamur se cruzaban. La gran inauguración no fue solo la celebración de un salón, sino una celebración de la elegancia y la creatividad, que marcó el comienzo de una nueva era en el mundo de la peluquería.

Danny se quedó a un lado, observando todo esto, y con su bebida en la mano, realmente se estaba divirtiendo, especialmente mientras veía a Albert tomar el control de la multitud. Levantó su vaso de su cerveza favorita, Great Northern Super Crisp, hacia Albert y vio que la sonrisa de Albert se convertía en un ceño fruncido. Danny sintió un golpecito en el hombro y se dio vuelta y vio al detective Malcolm Cassell sonriéndole.

No fue una gran inauguración, pensó Danny.

Capítulo 3

Bahía de Cristal

Danny se da vuelta y encuentra al detective Malcolm Cassell con una sonrisa que es una mezcla de diversión y confianza. "Bueno, Monk, realmente sabes cómo montar un espectáculo. Debe haber costado un dineral".

"A usted tampoco le está yendo tan mal, detective principal Cassell", respondió con un suave ronroneo. "Me enteré de que lo ascendieron el mes pasado".

Cassell arqueó una ceja, intrigado por la audacia. "¿Ah, sí? ¿Y cómo te enteraste?".

"Seguimos en contacto con la Inspectora Jefe Wendy Montague, ¿sabes?".

"Ya veo, entonces ¿tú y la Inspectora Jefe todavía son una pareja?".

"No, Cassell, no somos una 'pareja'. Nos encontramos hace un tiempo en un evento y tú apareciste en la conversación. No estoy seguro de por qué, pero lo hiciste. ¿Sigues atrapando criminales?".

Cassell volvió a sonreír con esos buenos dientes suyos y tomó un trago de champán.

"Debo decir que, una vez más, debes haber gastado mucho dinero. ¿Cuánto cuesta esta botella de champán? ¿10 o 20 dólares?".

"No, detective principal Cassell, este vino es un poco más caro de lo que tú mencionaste. Es un Veuve Clicquot Cave Privée Brut 1980 con un maravilloso paladar acerado y juvenil, con una mineralidad apretada y notas ahumadas y de pedernal. Tiene una mezcla de 53 % de Pinot noir, 37 % de Chardonnay y 10 % de Pinot Meunier".

Cassell coloca su vaso sobre una mesa y gruñe algo así como: "Dame una VB en cualquier momento".

Danny observa más de cerca al detective Cassell. En lugar de su habitual traje de color carbón medio que queda muy bien con una camisa blanca arrugada y una corbata oscura delgada, Cassell llevaba un traje de tres piezas bastante elegante, lo que le daba una sensación de elegancia y sofisticación atemporales. Vaya cambio, pensó Danny. ¿Quizás le tocó la lotería?

"Esta noche te ves muy elegante, Cassell. ¿Vas a tener una cita?".

Sus dientes vuelven a brillar y Cassell le lanza a Danny una mirada que le recuerda que siempre debe tener cuidado con Cassell, incluso aunque él y Albert ya no estén en el "negocio de las adquisiciones".

"Solo me aseguro de que tú y Guzmán no se metan en problemas. Las cosas han ido bastante lentas en el departamento de hurtos estos últimos siete a diez meses. Supongo que algunas personas simplemente se aburrieron y decidieron que cortar el pelo es más emocionante. ¿Verdad, Monk?".

Ahí lo tienen. Nos persigue por nuestras adquisiciones pasadas. Ese hombre es como un perro con un hueso, fue todo lo que Danny pudo pensar.

"Aún nos confundes a mí y al señor Guzmán con otra persona. Somos ciudadanos respetuosos de la ley y empresarios. Incluso la inspectora jefe Wendy Montague te lo ha dicho con frecuencia en el pasado y, sin embargo, no puedes dejar de pensar en ello. ¿Por qué Cassell?".

"Porque, Monk, tú y ese compañero tuyo, Guzmán, han estafado a tanta gente con sus actividades y están viviendo una vida de esplendor y glamur. Voy a demostrar que son unos delincuentes".

"Detective principal Cassell, vaya, vaya, se ve tan bien", dice una suave voz femenina.

Danny y Cassell se giran y allí, con un impresionante vestido de noche sin tirantes, una obra maestra del arte de la sastrería, está la Inspectora Jefe Wendy Montague. Su vestido era de un azul intenso y su lujosa tela caía en cascada con gracia desde sus hombros hasta el suelo. Se ajustaba a su figura de reloj de arena en los lugares adecuados, acentuando su belleza natural.

El escote del vestido estaba elegantemente adornado con intrincados abalorios, lo que añadía un toque de opulencia a un diseño por lo demás elegante y sobrio. El corpiño sin tirantes, que fue confeccionado por expertos para un ajuste perfecto, acentuaba hermosamente sus clavículas y hombros. Con su silueta acampanada en forma de A, el vestido encarnaba un toque del glamur clásico de Hollywood.

Su fino peinado era un testimonio de su diligencia. Alguien había peinado ingeniosamente sus cabellos oscuros en un moño atemporal, con mechones de cabello enmarcando suavemente su rostro. El recogido estaba ejecutado a la perfección, ni un solo mechón fuera de lugar, y agregó un aire de elegancia real a su apariencia general. Una única horquilla brillante, adornada con una piedra preciosa, mantenía el moño en su lugar, atrapando la luz y creando un punto focal sutil y deslumbrante.

Completando su conjunto, lució unos delicados pendientes de diamantes que brillaban con cada movimiento y un par de elegantes tacones de aguja que alargaban sus piernas y añadían un toque de seducción a su paso. Su maquillaje era impecable, con unos suaves ojos ahumados y un clásico labial rojo que realzaba su belleza natural sin opacarla.

"Inspectora Jefe Wendy Montague, me alegro mucho de verla. Me alegro mucho de que haya aceptado la invitación. El detective jefe y yo estábamos hablando de usted", dijo Danny con una gran sonrisa en el rostro y mirando directamente a Cassell.

"¿Y ahora? Supongo que solo hay cosas buenas. ¿Se están portando bien, muchachos? Este no es el momento ni el lugar para que haya rencores pasados entre ustedes. Además, esos días quedaron atrás para ustedes dos. ¿Correcto?".

"Están en mi libro, Inspectora Jefe Wendy Montague", responde Danny, sin que Cassell emita ninguna respuesta.

La Inspectora Jefe Wendy Montague agarra a Danny por el brazo y lo aleja de Cassell. "Venga, señor Monk, vamos a conversar un poco", y deja a Cassell allí, de pie.

"Bueno, Inspectora Jefe Wendy Montague, estoy seguro de que acaba de enfadar al detective principal Cassell".

Con una sonrisa en su rostro, la respuesta sorprendió a Danny. "El detective Cassell es un chico grande y debería saber cuándo dejar de hacer acusaciones descabelladas. Ahora, invítame una copa y cuéntame qué has estado haciendo desde la última vez que pasamos tiempo juntos".

"Me sorprende que Laura Barton no haya venido contigo, Wendy".

"Está con su padre, trabajando en Nueva York en un nuevo proyecto. Te manda saludos, como siempre", con un leve guiño.

"Estoy seguro de que sí", fue lo único que Danny pudo responder.

Con la Jefa en sus brazos, Danny sintió que la velada transcurriría lo mejor posible con Cassell a raya. Al menos por el momento.

"Oh, cariño. Qué vestido más bonito. ¿Dónde has encontrado un vestido tan divino?".

Ese comentario vino de Albert, quien, después de ver a Cassell tocar el hombro de Danny, había estado socializando con sus invitados hasta ahora.

"¿Esta cosita? La compré en Versace, en la ciudad. La vi y debía tenerla, y ¿qué mejor lugar para presumir de ella que en la gran inauguración? ¿Estás de acuerdo?", mientras Wendy da una vuelta para que tanto Danny como Albert disfruten de su vestido y Danny, de su figura, sobre todo.

"Oh, miren, ahí está la alcaldesa de Northport. Permítanme que la visite. Nos vemos, muchachos".

Mientras Wendy se aleja para encontrarse con la alcaldesa, Albert no puede evitar comentar: "Bueno, parece que está de muy buen humor. Todavía siente algo por ti, ¿verdad, Danny?".

"No, Albert. Recuerda que ella y Laura eran, ¿cómo decirlo?, aventureras. Mucho más aventureras que yo".

"Ajá", fue todo lo que dijo Albert y luego preguntó: "¿Qué estaba tramando ese hombre horrible de Cassell? ¿No puede dejarnos en paz? Ya no nos dedicamos a las adquisiciones".

"Lo sé Albert, pero recuerda que la policía no ha resuelto ninguno de esos crímenes. Los casos siguen abiertos, así que él está buscando otro logro en su carrera".

"Después de todo lo que hicimos por él, ayudándolo a resolver el asesinato de la empleada de limpieza de Randolph. Qué desagradecido de su parte".

"Bueno, consiguió un ascenso, así que supongo que está contento", dijo Danny.

"Es un ingrato, es lo que es. Olvidémonos de él. La noche ha sido un éxito, Danny. Gracias por dejarme volverme loca. Estoy muy feliz. Eres un encanto", y le da un rápido beso en la mejilla.

Danny también estaba feliz.

Le encantó poder hacer de esta velada una gran velada para él. Se lo merecía. Albert ha estado ahí para Danny, durante los momentos difíciles en los que casi perdió "Village Books & Stuff" debido a las desventuras que soportaron juntos en el negocio de las adquisiciones, como lo llamaba Albert.

Danny estaba convencido de que la velada había sido un éxito.

Ahora llegaba la parte difícil: cuándo decirle a Albert que se iría a Bahía de Cristal en un mes.

Capítulo 4

Lo Mejor

El martes por la mañana, Danny abrió "Village Books & Stuff" justo a tiempo. El suave timbre de la puerta siempre anuncia el comienzo de otro día en la acogedora librería. Se puso rápidamente a trabajar en las tareas que tenía entre manos: ordenó los estantes y revisó el inventario, todo ello mientras miraba su reloj. El tiempo corría y necesitaba darse prisa.

A las 10 de la mañana, Peter, el nuevo gerente de la tienda, debía llegar para hacerse cargo de las operaciones diarias mientras él es-taba fuera. Danny confiaba en las habilidades de Peter, pero no pudo evitar sentir una punzada de nostalgia al darse cuenta de que esa era la última mañana en la que dirigiría la tienda. Bueno, al menos por un tiempo. Tenía que ponerse en camino hacia Bahía de Cristal a las dos de la tarde, con una breve parada nocturna en el pueblecito de Taree, pero había una cosa importante que debía hacer antes de eso.

Danny tenía pensado tener un almuerzo de despedida con Albert y darle la noticia de su partida. Sintiéndose culpable por haberle avisado a Albert en el último minuto, Danny pensó que era la mejor manera de evitar que Albert siguiera hablando de que lo habían dejado atrás. Albert lo describió como: "dejarme atrás como a un perro".

Sin importar la preparación, Albert nunca imaginaría la posibilidad de que su amigo se alejara de su lado.

A medida que la mañana transcurría, Danny estaba ansioso por ver qué pasaba. El reloj finalmente marcó las 10 a. m. y Peter entró por la puerta con una cálida sonrisa. "Puedes contar conmigo, Danny", le aseguró Peter. "Tengo todo bajo control aquí".

Aliviado y agradecido por el apoyo de Peter, Danny comenzó a repasar los últimos detalles de la tienda.

Peter se limita a sonreír. Como gerente, Peter ha supervisado la tienda durante muchos meses y se sabía la rutina de memoria. También sabía que dejar a tu bebé al cuidado de una niñera es difícil, o eso le decía su madre muchas veces.

Danny miró su reloj y se dio cuenta de que tenía que irse. Tomó su abrigo, estrechó la mano de Peter, salió por la puerta principal y echó un último vistazo a su librería. Danny casi quería despedirse de las vistas familiares de la librería. Con un dejo de tristeza, se dirigió al abrevadero "The White Sheep", donde él y Albert habían compartido innumerables comidas y recuerdos.

Al entrar en el pub, vio a Albert sentado en su mesa habitual, absorto en su teléfono móvil. Danny se acercó a él con una sonrisa y se sentó. "Hola, Albert", dijo con un dejo de emoción en su voz.

Albert levanta la vista, deja el móvil y le dedica a Danny una gran sonrisa. "Danny, cariño, me muero de hambre. ¿Por qué llegas tan tarde?".

Echó un vistazo rápido a su reloj y vio que eran las 12:00 p. m., justo a tiempo. Albert es siempre una Prima Donna, pensó Danny, sonriendo para sí mismo.

Danny se acercó más y dijo en voz baja: "Tengo un pequeño secreto que compartir contigo, amigo mío".

"Qué bueno, chisme. Me encanta. Cuéntamelo todo con dulzura", fue la respuesta de Albert.

Los ojos de Albert se abrieron de par en par cuando Danny le reveló sus planes de dirigirse a Bahía de Cristal por la tarde. La noticia dejó a Albert sorprendido, triste y conmovido. Sabía cuánto necesitaba Danny este viaje y cuánto significaba para él y, aunque no quería que Danny se fuera, no pudo evitar sonreír.

"¡Eres un niño travieso! ¡No me lo dijiste!", Albert se rió entre dientes. "Te voy a extrañar, mi dulce, pero lo entiendo. Es como si Bahía de Cristal te hubiera estado llamando. ¿Estoy en lo cierto?".

"Ya está Albert. Necesito un descanso. Ya está todo arreglado en la tienda y Peter se ocupará de todo mientras yo no estoy. ¿Puedes manear 'Locks & Loaded' por tu cuenta?".

"Por supuesto, cariño. ¿Cuándo Albert no está en condiciones de realizar el trabajo?".

"¿De verdad trabajas, Albert? Pensé que supervisabas al personal", intervino Danny con una gran sonrisa.

"Chico tonto, chico tonto. Supervisar es un trabajo, un trabajo divertido, sin duda. Alguien tiene que gestionarlo, ¡y ese soy yo! Y, además, tú sabes que tengo ya a un gerente preparado por si yo necesito unas vacaciones también. ¿Y ahora, qué hay para almorzar?", le entregó el menú a Danny.

Como siempre, los platos del día del "White Sheep" parecen más propios de un restaurante de cinco estrellas que de una comida de pub. Esta vez, Albert habla primero y le propone que opten por el cordero asado a fuego lento con skordalia y salsa cremosa de ajo y patatas.

"Albert, tu sugerencia es demasiado abundante y pesada para mí. Adelante, yo me quedaré con una simple ensalada César con pollo a la parrilla y un poco de pan con ajo. Eso debería bastarme y no me haría dormir en el camino".

Albert asiente y llama a Marie, quien rápidamente toma el pedido, una botella de Q Merlot 2016 de MÉRITE que resaltará los atributos de este vino: sabores frutales intensos, acidez natural brillante y taninos finos que combinarán muy bien con el cordero y la ensalada.

Las conversaciones continuaron antes, durante y después de recibir y terminar la comida, y Danny le hizo un gesto a Maire para que se acercara.

"Marie, tomaré un expreso doble", y miró a Albert para ver si quería uno.

"No, cariño, tú toma el café. Yo tomaré uno de esos tragos de jerez que tanto te gustan después de comer".

Maire mira a Danny y dice: "¿Se refiere a la crema Harvey Bristol?".

Sonriendo, Danny asiente.

"Está bien, un expreso doble y un jerez enseguida".

"Ya es hora, Albert. Tengo que irme. Son más de las 2:00 p. m. y quiero llegar temprano a Taree para descansar, comer temprano y dormir bien antes de dirigirme a Bahía de Cristal".

"¿Hiciste reservas en ambos lugares o simplemente estás conduciendo y viendo qué pasa?".

"No, hice reservas en ambos lugares. Una habitación individual sencilla en Taree, pero reservé una habitación grande con desayuno incluido en el Poplar Inn en Bahía de Cristal. Parecía excelente. Apartado, pero cerca de la playa. Podría nadar un poco, pescar y alquilar un barco. Hay mucho para mantenerme ocupado y, además, llevaré un par de libros para leer".

"Por supuesto, traerás libros. Tienes una librería. ¿Hay algo interesante que me recomendarías?".

"Tú, Albert. ¿Lees? Nunca te he visto coger un libro".

"Podría empezar ahora que estaré completamente solo, como un perro abandonado, ahora que te vas".

"Bueno, si decides leer algo, está este autor local, JF Nodar, que tiene dos novelas que son bastante interesantes".

Albert mira a Danny con una mirada inquisitiva: "Bueno…"

"Bueno, ¿qué, Albert?".

"¿Cómo se titulan estas novelas? No esperarás que investigue, ¿verdad?".

"Una de las novelas se titula: Libros, Bolígrafos y Hurto y la otra, su nueva ciencia ficción, se titula El Universo Entre Nosotros ¿Qué te parece?".

"Oh, Dios, suenan muy serios".

Danny mira a Albert como si quisiera decirle que el título no hace que el libro sea serio, pero sigue adelante con otra sugerencia.

"Albert, el autor ha publicado cinco libros antológicos con cuentos divertidos y poesía. Su último libro es Cuentos Para Compartir con Mi Pareja Libro 5, que es con el que deberías empezar".

"¿Lectura fácil? Ya sabes que no puedo adentrarme en temas pesados, cariño".

"Sí, Albert. Una lectura ligera".

"En ese caso, pasaré por "Village Books & Stuff" y compraré una copia de todos ellos. Será mejor que tengas razón, cariño, o los devolveré a la librería".

"Sabes que no puedes hacer eso", dijo Danny y se rió un poco.

"Lo sé, pero estoy tratando de ser asertivo ahora que me van a dejar atrás como a un perro".

Oh, sí, pensó Danny, una Prima Donna de la exageración de clase mundial.

"Danny, ¿cuándo vuelves, cariño?".

Danny se echó a reír.

"Todavía no me he ido, me he instalado en Bahía de Cristal, he aclarado mis ideas y tú me preguntas cuándo vuelvo. Eres diferente, Albert".

Marie llega con el expreso y el jerez y los coloca frente a Danny y Albert.

Mientras Danny sirve su café, Albert bebe su bebida de un trago.

Albert le responde a Danny, continuando la conversación: "Sí, cariño, y lo sabes. ¿Qué te parece si tomas una copa antes de irte?". y Albert hace un gesto con la mano, mostrando dos dedos a Marie, quien entiende la señal y asiente con la cabeza a Albert.

"Escucha, puedes beber todo lo que quieras, pero yo conduciré casi cinco horas hasta Taree, pararé allí a pasar el día y me iré por la mañana. Sin alcohol para mí".

Danny se levanta de su silla, camina alrededor y le da a Albert un rápido beso en la frente y sale del pub "White Sheep".

Marie llega a la mesa con dos bebidas y Albert simplemente señala su mantel y coloca ambas bebidas.

Al ver a Danny irse, Albert se da cuenta de que tiene que pagar la factura y piensa: Danny se ha ido y el dulce me ha dejado a mí con la cuenta. Bueno, después de todo, Danny aprendió del mejor, mientras Albert saborea su bebida y vuelve a abordar su teléfono móvil.

Capítulo 5

El Pescado Salado

Danny se embarca en un viaje que espera que le permita resolver de una vez por todas toda su incertidumbre y seguir adelante con su vida. Mira su apartamento por última vez, activa la alarma de seguridad y camina hasta su nuevo BMW 840i convertible rojo metalizado deportivo. Danny pensó que estaba loco por comprar un auto. Rara vez iba a algún lado y cuando lo hacía, conducía su viejo auto o lo llevaba un Uber, pero con dinero en el banco de su parte de las ganancias de la adquisición, pensó que podía darse el lujo de comprar un auto nuevo, un auto caro, además. Danny llevaba suficiente ropa para que cupiera en dos maletas de tamaño mediano, el maletero tenía mucho espacio para ellas. También puso una pequeña hielera en la parte trasera con algunas botellas de agua y hielo en caso de que tuviera sed y solo necesitara una parada rápida. Antes de despegar, admira su compra. Ahora veamos cómo te va en la carretera con los $230,000 que gasté en ti, pensó Danny mientras se sentaba, encendía el motor y se preparaba para partir.

Desde Northport hasta Bahía de Cristal, Danny sabía que iba a vivir una de las rutas más emblemáticas de Australia que lo dejaría, una vez más, encantado con su pintoresca belleza. Danny estaba listo para dejarse cautivar por los pequeños y amigables pueblos costeros, las antiguas selvas tropicales y la costa más increíble a lo largo del camino.

Cuando Danny abandona el encantador y exuberante ambiente rural de Northport, la serena belleza del paisaje australiano lo envuelve de inmediato. Siguiendo las sinuosas carreteras, cualquier turista se encontraría a las puertas de uno de los viajes por carre-tera más increíbles del país.

Mientras sigue hacia el norte, la autopista M1 le indica que ya está en Gosford y le advierte sobre el límite de velocidad, mira el velocímetro: No, voy al límite de velocidad. No he ido a exceso de velocidad, piensa y sonríe porque parece flotar en su nuevo coche. Tiene su sistema de sonido envolvente Bowers & Wilkins a todo trapo y, sin embargo, no suena a todo volumen ni siquiera con la capota bajada. "Sí, lo has hecho bien, Danny. Excelente elección", dice en voz alta.

Poco después de Gosford, Danny ve la señal de salida hacia los pequeños y agradables pueblos costeros, cada uno con su propio carácter único, como el ambiente relajado de Bonnells Bay y Pearl Beach en Wangi Wangi. No tengo tiempo para detenerme si quiero llegar a Taree para pasar la noche, piensa de nuevo.

Hubo un pequeño retraso en el tráfico cuando llegó a Newcastle, ya que ya era casi la hora pico, y Danny redujo la velocidad para adaptarse al patrón del tráfico y de vez en cuando recibía una sonrisa y un pulgar hacia arriba de algún compañero conductor que lo admiraba (o quizás envidiaba) por su nuevo auto.

La naturaleza llama y Danny decide que el próximo pueblecito que vea será un lugar ideal para una parada rápida. Observa el indicador de combustible y ve que está bien, pero decide que siempre es mejor ir sobre seguro, así que buscará una gasolinera, llenará el tanque y utilizará las instalaciones. Ve la salida hacia Coolongolook y sale de la M1.

Mientras conduce por el pequeño pueblo, Danny ve la gasolinera local Ampol, llena el tanque y utiliza el servicio. Cuando se dispone a marcharse, ve una pequeña cafetería con el nombre de "El Pescado Salado" y entra con la idea de tomar un café.

Danny se acercó al mostrador, pidió un expreso doble y un vaso de agua a la señora mayor que estaba detrás del mostrador y se sentó en una mesa cercana, tomando el menú para pasar el rato. Unos minutos después, un hombre mayor llegó con el agua y el café para Danny y le preguntó a dónde se dirigía.

"Me voy a Bahía de Cristal por unas semanas, tal vez meses, solo para tener un poco de tiempo para mí".

"Nunca he estado, pero he oído que es un lugar encantador. ¿Conseguiste un lugar o estás alquilando?".

"Solo estoy alquilando. Espero poder relajarme un poco".

"Ya veo", dijo el anciano caballero mientras se giraba, miraba el costoso auto y se volvía hacia Danny con una sonrisa.

"Debe haberte costado un brazo y una pierna. Debes ser un hombre soltero".

Danny se rió y simplemente asintió afirmativamente.

"Harold, ¿estás molestando al caballero? Déjalo tranquilo tomar su café".

"Betty, no lo estoy molestando", responde Harold mirando a Danny en busca de apoyo, a lo que Danny respondió y salió en su defensa muy rápido.

"No, no es ninguna molestia".

Harold sonríe y dice: "gracias" y se va.

"Harold, espera un segundo. Tengo una pregunta rápida".

"Claro, dispara".

"¿Por qué el nombre de la tienda es 'El Pescado Salado'? Simplemente tengo curiosidad. Miré el menú mientras esperaba el café y no vi ningún pescado en él".

"Comenzamos como una cafetería de mariscos, pero resultó que Betty era una pésima cocinera cuando se trataba de pescado, así que cambiamos el menú a pasteles, café y algunos sándwiches. Ella está feliz y también lo están los clientes ahora", afirmó Harold con una gran sonrisa.

Esbozando una amplia sonrisa, Danny agradeció a Harold y a Betty y se fue, sabiendo que en cada pequeño rincón del mundo siempre había una historia para disfrutar.

Cuarenta minutos después, Danny salió de la carretera hacia Taree y rápidamente encontró su motel, se registró, se acomodó en su habitación y fue a KFC al otro lado de la calle y se compró un balde de pollo frito y un refresco.

Poniéndose cómodo, Danny encendió el televisor, colocó el balde de pollo en su regazo y comenzó a comer, y su mente reflexionó sobre el día y el viaje.

El día había sido largo, pero con experiencias agradables. Primero, le entregó la tienda a Peter. Luego, el almuerzo con Albert fue bien y luego el viaje no tuvo incidentes. Danny pensó en las vistas y la gente que conoció y en los recuerdos de pueblos amigables, bosques tropicales antiguos y la impresionante costa australiana. El viaje es un testimonio de la belleza natural y las diversas experiencias que hacen de Australia un paraíso. Recordó el anuncio de 1984 dirigido a las Américas por Paul Hogan para que vinieran a la tierra del canguro y el koala. Danny pensó: Sí, podría hacer lo que dijo Paul Hogan en el anuncio y poner otro camarón en la parrilla para cualquier visitante de cualquier parte del mundo.

Capítulo 6

Poplar Inn

Llegó la mañana y Danny se dio una ducha rápida, tomó un café y un bollo y salió a las 9 de la mañana. Solo le quedaban cinco horas para llegar a Bahía de Cristal y quería llegar lo antes posible. Había solicitado un registro temprano y le habían prometido que una habitación de su elección estaría disponible a su llegada. El viaje fue muy bien, con solo una parada para descansar en el "MaClean's Coffeemania Café" para tomar un expreso rápido, ir al baño y caminar veinte minutos por la zona para estirar las piernas.

Después del descanso, sólo tomó una corta carrera de una hora y treinta minutos y Danny llegó a Bahía de Cristal y rápidamente, gracias a su GPS, encontró el Poplar Inn.

Es espectacular, por decir lo menos, las fotos del sitio web no le hacen justicia.

La posada se encontraba enclavada en las afueras de Bahía de Cristal y su exterior tenía una encantadora combinación de características rústicas y acogedoras. Un camino de adoquines desgastados conduce a los huéspedes a la entrada principal, con una pequeña linterna de hierro forjado que arroja un brillo cálido y acogedor al anochecer. La fachada de la posada es una combinación de vigas de madera envejecidas y yeso encalado, que exuda una sensación atemporal y hogareña. Un gran letrero de madera con letras intrincadas pintadas a mano mostraba con orgullo el nombre de la posada: "Poplar Inn", balanceándose suavemente con la brisa.

Los propietarios deben amar las flores, ya que las jardineras rebosantes de vibrantes flores de temporada cuelgan debajo de las ventanas de la posada, agregando toques de color a la escena. El techo de hierro corrugado, aunque desgastado, sigue siendo resistente y le da a la posada un encanto rural clásico. Dos bancos de madera para sentarse a cada lado de la entrada ofrecen un lugar para que los viajeros cansados descansen y disfruten del entorno sereno, y Danny puede escuchar cerca las olas del océano.

Danny llevó su maleta consigo y se quedó maravillado con el interior. Una vez más, las fotos a veces no le hacen justicia a un lugar.

En el interior, el espacio es un refugio acogedor adornado con vigas de madera a la vista en el techo. Pinturas al óleo de paisajes de playa y apliques de latón antiguos adornan las paredes, arrojando una luz suave y dorada. El aroma de la madera recién pulida se mezcla con el aroma de las comidas caseras abundantes. Una gran chimenea de piedra domina una pared, un fuego rugiente en su interior proyecta sombras parpadeantes que bailan por la habitación. Es primavera y, sin embargo, la chimenea parece perfecta, pensó Danny mientras seguía mirando a su alrededor. La disposición de cómodos y desgastados sillones de cuero y lujosos sofás a su alrededor invita a los huéspedes a relajarse y descansar. Una alfombra persa anudada a mano cubría el amplio piso de madera de tablones, agregando un elemento de lujo. Oh, creo que ya me siento perfecto aquí, pensó de nuevo Danny.

Mirando hacia su izquierda, Danny vio el bar y el comedor. El bar, hecho de rica caoba, ocupaba un rincón de la habitación. Botellas de licores añejos cubrían los estantes y una pared de vidrio pulido reflejaba el ambiente agradable, haciendo que el espacio se sintiera aún más íntimo. Al echar un vistazo rápido al comedor, Danny se maravilló con las pesadas mesas de roble y las sillas tapizadas. Observó que cada mesa estaba adornada con flores frescas en jarrones y manteles de lino y cubiertos antiguos. Una música suave y ambiental sonaba de fondo, creando una atmósfera relajante para una comida tranquila. Probablemente me perdí el almuerzo, pero la cena debe ser simplemente genial aquí, pensó de nuevo Danny.

Mientras Danny exploraba más, descubrió un rincón con estanterías repletas de libros y juegos de mesa muy queridos, lo que proporcionaba a los huéspedes un tranquilo refugio para leer o competir amistosamente. Subiendo una escalera de madera deberían estar las habitaciones. En general, "Popplar Inn" ofrecía una combinación atemporal de encanto rústico y comodidad que hizo que Danny sintiera que había elegido bien.

"Buenas tardes. Usted debe ser el señor Monk", dijo una voz detrás de Danny.

"Mi nombre es Gertie, copropietaria del Poplar Inn".

Danny se dio la vuelta y vio a Gertie. Parecía de mediana edad, pero exudaba una elegancia y hospitalidad atemporales propias de este encantador establecimiento. Con el pelo castaño que le caía en cascada hasta los hombros y un rostro con unas cuantas líneas de expresión bien ganadas, Gertie poseía una belleza radiante y acogedora. Sus ojos eran de un tono verde y brillaban con un interés genuino por sus invitados, y su sonrisa era un faro de calidez.

"Sí, soy Danny Monk. Es un placer estar aquí, Gertie".

"¿Con quién estás hablando?, dijo una voz desde detrás del comedor. Un hombre se acercaba a ellos. El hombre, que tenía el pelo canoso y bien peinado, una barba entrecana y unas cuantas líneas distinguidas grabadas en su rostro, estaba allí de pie. Era de estatura media y tenía una complexión robusta que sugería años de arduo trabajo. Sus cálidos ojos color avellana brillaban con una sinceridad amable y su sonrisa coincidía con la actitud cálida de Gertie.

"Señor Monk, este es mi esposo, Samuel Bailey. Nosotros dirigimos el 'Poplar Inn' junto con nuestro personal".

"Es un placer conocerlo, señor Monk", dijo Samuel estrechando la mano de Danny.

"Lo mismo digo", señor.

"Oh, por favor, sólo somos Gertie y Samuel".

"Está bien, es un placer conocerlos a ambos, Gertie y Samuel. Llámenme, Danny entonces".

"Bueno, Danny, acércate al mostrador de recepción y déjame registrarte. Como te dije por teléfono, te dejaré elegir la habitación que más te convenga", dijo Gertie.

"Voy a volver a la cocina, Gertie. ¿Necesitas ayuda con tu equipaje, Danny?".

"No, estoy bien, gracias, Samuel".

Danny se dirige al mostrador y Gertie le da sus opciones.

"La primera opción es la Suite Sea Breeze Captain". Esta suite cuenta con una amplia habitación de concepto abierto con sala de estar y cocina pequeña. Cuenta con una gran ventana que ofrece impresionantes vistas panorámicas del océano. Los huéspedes pueden disfrutar de la suave brisa marina en la terraza privada adjunta. La segunda opción es el Captain's Quarters, la habitación más lujosa de la posada, con una cama tamaño King con dosel, una amplia sala de estar y una chimenea privada. La habitación irradia una sensación de elegancia marítima y ofrece una vista despejada del océano desde un balcón privado desde el que se puede disfrutar de cualquiera de las comidas del servicio de habitaciones. ¿Tienes alguna preferencia?".

"¿Cuál es el costo por las cuatro semanas? y recuerda que podría quedarme uno o dos meses más".

Gertie sacó una hoja de un archivo y se la mostró a Danny.

"Danny, recuerdo nuestra conversación telefónica, así que calculé un precio para cada habitación que, como puedes ver, se basa en la duración de la estadía. Para las cuatro semanas, la habitación Sea Breeze cuesta $6,750, que incluye el desayuno en nuestro comedor todos los días, mientras que la habitación Captain's Quarters cuesta las mismas cuatro semanas $8,250, que incluye el desayuno todos los días, además de que te entregan un desayuno completo en tu habitación una vez por semana, siempre que nos avises antes del mediodía del día anterior. ¿Cuál prefieres?".

El dinero no era un problema, así que, sin dudarlo, Danny elige el Captain's Quarters y le da su tarjeta AMEX.

Danny creyó ver a Gertie parpadear dos veces al ver la tarjeta, pero ella la tomó, la pasó por la máquina y en segundos recibió la aprobación.

"¿Te importa si también tomo una impresión de tarjeta para futuras compras en el bar y en la cena de la noche?".

"No, por favor, adelante. Estoy seguro de que utilizaré las instalaciones una o dos veces mientras esté aquí. Mientras hablamos de comida, ¿el restaurante está abierto para el almuerzo?".

"Lo siento, Danny, el restaurante abre para el desayuno de 7:00 a 9:30 y luego para el almuerzo de 11:30 a 14:00. Te lo perdiste por poco; sin embargo, te puedo recomendar una cafetería encantadora en Bahía de Cristal si no te importa conducir diez minutos. Está justo al lado del océano con una vista hermosa y permanece abierta hasta las 18:00 sirviendo comida".

"Eso suena genial. ¿Cuál es el nombre y la dirección?".

"El nombre es el 'Seashell Café' y está en Shore Drive. No te lo puedes perder. Si tienes un GPS, solo tienes que poner el nombre de la calle y lo verás y le dirás a Toni que te recomendamos el lugar".

"Excelente", dijo Danny mientras tomaba sus llaves y Gertie le dijo.

"Danny, deja el equipaje y compra algo de comer. Le diré a Robert que te lo lleve a la habitación. Ve a disfrutar del almuerzo, una bebida y la hermosa vista del mar en Bahía de Cristal".

"Me convenciste, Gertie. Gracias, haré exactamente eso", dijo, dejando las bolsas junto al mostrador.

Cuando Danny sale, el sol de la tarde todavía está alto en el cielo, pero Danny siente la brisa del océano y, con una gran sonrisa, se sube a su auto y configura el GPS en Shore Drive.

Capítulo 7

El Seashell Café

Llegar a la parte principal de Bahía de Cristal fue fácil y Danny encontró el café igual de fácil. Aparcó el coche, salió y miró la calle principal de Bahía de Cristal. Ha cambiado mucho desde su última visita hace muchos años. Hay unas cuantas tiendas más en la calle y son más relucientes y elegantes. Daré un paseo por la ciudad después del almuerzo y echaré un vistazo, piensa Danny, y oye las olas del mar acariciando la costa detrás del café. El olor del océano es simplemente maravilloso. Justo lo que necesito, piensa Danny mientras se da vuelta para mirar al 'Seashell Café'.

El café irradia un encanto acogedor.

El exterior está decorado con tejas de cedro desgastadas, pintadas en tonos pastel suave de verde espuma de mar y coral suave, lo que le da un aspecto rústico pero confortable. Un cartel de hierro forjado con el nombre del café anuncia su presencia a cualquier transeúnte.

Danny vio que podía acceder a la entrada principal a través de un camino de adoquines que serpenteaba a través de un pequeño jardín adornado con hortensias de colores, margaritas de playa y macetas de hierbas aromáticas. Los propietarios colocaron una valla de madera a la entrada de la cafetería y la cubrieron con rosas trepadoras que actuaban como un escudo contra los vientos coste-ros y, al mismo tiempo, le daban al café un ambiente apartado. Bancos de madera desgastada y faroles antiguos bordean el camino, invitando a los huéspedes a quedarse y saborear el tranquilo ambiente costero.

Danny entró tranquilamente y se encontró con un interior acogedor bañado por el cálido resplandor de unas suaves luces colgantes de tonos ámbar que proyectaban un resplandor reconfortante en todo el espacio. Las paredes estaban revestidas con paneles de madera recuperada y adornadas con una serie de artefactos náuticos, como timones de barco y mapas marítimos antiguos. Una vieja campana de barco de latón, pulida hasta quedar reluciente, colgaba cerca de la entrada, un recordatorio de la ubicación costera del café.

El corazón del café cuenta con una barra de madera hecha a mano con un acabado desgastado y envejecido, donde los clientes pueden sentarse en taburetes de cuero. Detrás de la barra, una colección de botellas de vidrio de colores contenía una variedad de licores e infusiones artesanales. Una máquina de café expreso vintage Gaggia americano de 1957 silbaba y humeaba, llenando el aire con el rico aroma del café recién hecho.

Mesas de madera para dos están repartidas por todo el espacio, todas adornadas con velas parpadeantes en faroles y cubiertas con manteles a cuadros. Una suave música de jazz llena el aire, creando un ambiente relajante para las conversaciones y la contemplación. Una chimenea abierta, construida con piedra local, crepita cálidamente durante las noches más frescas junto al mar.

Mirando hacia la parte trasera de la cafetería, los grandes ventanales ofrecen vistas despejadas de Bahía de Cristal y las suaves olas. Las cortinas de encaje blanco, que se mecen suavemente con la brisa, enmarcan estas pintorescas vistas, lo que contribuye a la atmósfera íntima y acogedora de la cafetería. El sonido de las gaviotas y la brisa salada del mar se filtra en el ambiente, creando una conexión sensorial con el entorno costero.

Este íntimo y acogedor café junto al mar es un oasis de tranquilidad donde los lugareños y los turistas pueden saborear una taza de café, disfrutar de un pastel recién horneado y perderse en el relajante ambiente del mar. Danny sintió que había encontrado oro con Bahía de Cristal, el Poplar Inn y ahora con el Seashell Café.

"Toma cualquier mesa, cariño, estaré contigo en breve", dijo una mujer de unos sesenta años que exudaba un aura cálida y amistosa detrás del mostrador de la confortable cafetería. Su cabello entrecano enmarcaba su rostro y le agregaba un toque de sofisticación a su apariencia. Sus expresivos ojos marrones brillaban con un toque de sabiduría y su sonrisa era tan atractiva como el aroma del café recién hecho que envolvía la cafetería.

Danny pudo ver que llevaba un delantal con estampado floral que se ajustaba cómodamente a su cintura, lo que le daba un encanto alegre y rústico a su atuendo. El delantal tenía las marcas de sus aventuras culinarias, lo que hacía alusión a las innumerables tazas de café y pasteles deliciosos que había servido a lo largo de los años. Una sutil mancha de cacao y una pizca de harina adornaban el delantal.

Al acercarse, le entrega el menú a Danny.

"¿Hay algo en particular que te apetezca, cariño?".

"No, la verdad es que no", responde Danny con una sonrisa en el rostro. "¿Tienes alguna recomendación?".

"¿Tienes hambre o simplemente quieres picar algo?".

"Buena pregunta", le contesto Danny. "Tengo hambre, así que algo ligero".

"La chef tiene una maravillosa variación del sándwich Medianoche cubano", señalando el menú, "al que llama Mediodía, y es bastante similar al sándwich Medianoche, pero le agrega su propia mezcla de alioli de ajo, lo que le da un ligero cambio. Tiene cerdo asado, pan y pepinillos encurtidos con mantequilla, y queso suizo servido en un panecillo dulce. Es muy delicioso. Es mi favorito".

"Está bien, eso suena perfecto. Vamos con eso. ¿Y qué tal una Pepsi Cola para acompañar?".

"Te los traigo ahora mismo", mientras toma el menú y se dirige a hacer el pedido.

Danny echó un vistazo a la cafetería y vio que el lugar seguía bastante concurrido. Casi todas las mesas estaban ocupadas y la mayoría de los clientes disfrutaban de bebidas y café. De vez en cuando, alguien colocaba un bocado de pastel en un tenedor, lo que les dibujaba una sonrisa en el rostro.

"El Seashell Café" parece funcionar con un personal relativamente pequeño, ya que, además de la mujer que tomó su pedido, Danny ve a otras dos mujeres trabajando en la mesa y a un barista. Al mirar para ver si podía echar un vistazo dentro de la cocina, vio movimiento, pero no pudo determinar cuántos empleados más había en la cocina, pero supuso que al menos dos o tres.

El sándwich llegó a tiempo y su presentación era bastante interesante. En el plato había un sándwich prensado y asado con un exterior dorado y crujiente. El interior presentaba capas de cerdo asado, queso suizo, pepinillos y Danny puede ver la salsa alioli de ajo goteando por los costados. El sándwich revela las capas de ingredientes cuando llega cortado en mitades.

En cuanto al olor, esta variación de un sándwich cubano ofrecía un aroma tentador de cerdo asado, queso derretido y la combinación tentadora de alioli de ajo. El chef doró el pan en mantequilla, lo que le dio un aspecto dorado, es una obra maestra para mirar. Venía con una pequeña guarnición de arroz blanco y frijoles negros con pequeñas cebollas blancas cortadas espolvoreadas sobre los frijoles.

"Yo le agregué arroz y frijoles", dijo la señora. "Complementos de la casa. Disfrútalo".

"Muchas gracias, se ve maravilloso".

Danny comió el sándwich y se deleitó con el sabor. La salsa alioli de ajo tenía un sabor intenso, pero no demasiado fuerte, lo que realzaba la dulzura del cerdo. El queso, aunque estaba derretido, no estaba pegajoso y le daba un sabor maravilloso al sándwich. Danny descubrió que el arroz y los frijoles negros de cortesía eran un regalo inesperado que lo llenaba.

"Bueno, te lo devoraste. Seguro que tenías más hambre de la que creías, ¿no?".

Danny le sonrió a la señora y le respondió: "Tengo que admitir que me sorprendió muchísimo lo sabroso que estaba el sándwich, y el arroz y los frijoles eran la combinación perfecta. Mis felicitaciones al chef".

"Oh, yo no soy la cocinera. Me llamo Cecilia. Soy su madre; Toni es la chef. Somos copropietarias del café. Ella me está ayudando porque nuestra cocinera habitual se enfermó, pero debería venir mañana. Espera. La buscaré y te dejaré pagar tus honorarios en persona".

Danny bebió lo último de su Pepsi Cola y esperó a que Cecilia regresara con la chef y cuando lo hizo, Danny tuvo que mirar dos veces.

Toni se acercó a Danny, vestida con su traje de chef, y la mujer se parecía a una joven Gina Lollobrigida. Con su traje de chef, Toni poseía una belleza clásica y atemporal con rasgos bien definidos y un sentido de la elegancia. Su cabello oscuro, cuidadosamente atado en un moño, brillaba con la luz. Tenía ojos llamativos y expresivos, que Danny encontró maravillosamente atractivos. Sus pómulos esculpidos añadían a su elegancia general. Sus labios eran carnosos, sensuales y tenían un atractivo seductor. Incluso con el traje de chef, Danny pudo ver su figura curvilínea y con forma de reloj de arena y, sin embargo, se comportaba con gracia, aplomo y sofisticación.

Lo que más impresionó a Danny fue su sonrisa radiante. Toni tenía una sonrisa brillante y cautivadora que relajaba a cualquiera que estuviera con ella.

"Hola, soy Toni. Me han dicho que te gusta mi sándwich. Me alegro mucho".

Danny está casi sin palabras, pero rápidamente se recupera, se levanta y se presenta.

"Sí, me gustó. Me llamo Danny Monk y Gertie, del Poplar Inn, me dijo que en el café servían comida excelente a esta hora del día y tenía razón. No solo era excelente, sino que yo la describiría como algo más que excelente. Sería mejor decir excepcional".

"Me alegro de que lo hayas disfrutado, señor Monk. Espero que eso te anime a volver e incluso a escribir una reseña de nuestra pequeña cafetería en Google".

"Sí, estoy seguro de que volveré, y puede contar con esa reseña, señorita…"

"Antonia Webster, pero todos en la ciudad me llaman Toni".

"Y todos mis amigos me llaman Danny", extendiendo su mano.

Toni la toma y estrecha la mano de Danny y parece haber electricidad en su toque.

Después de lo que parece una eternidad de vergüenza, dejan de estrecharse la mano y Toni dice: "Bueno, encantada de conocerte, Danny. Tengo que volver al trabajo. Nos vemos en Bahía de Cristal".

"Sí, lo harás. Me quedaré por un tiempo, simplemente para disfrutar de un tiempo libre".

Con una gran sonrisa, Toni se giró y regresó a la cocina y Danny caminó hacia el mostrador y le entregó a Cecilia su tarjeta AMEX.

"Es muy buena preparando sándwiches", le dijo Danny a Cecilia.

"Deberías volver si tiene que cubrir el puesto otra vez. Sus recetas de pescado son para morirse. Es una gran chef".

"Lo haré, estoy seguro de ello", y Danny se dio la vuelta y salió del café.

¿Qué carajo ha pasado?, pensó para sí mismo.

Esta Toni lo dejó sin palabras. ¿Estoy listo para cualquier cosa que se me presente en el camino de una nueva amistad? Pensó Danny.

Los ojos de Danny miran hacia Shore Drive y se pregunta qué le deparará esta estadía en Bahía de Cristal.

Capítulo 8

Shore Drive

Danny miró su reloj. Eran las 3:30 p. m. Como las tiendas cierran temprano en Australia, salvo los días de comercio nocturno, esperaba que todavía estuvieran abiertas, así que Danny comenzó a caminar tranquilamente desde el café hacia el resto de las tiendas de Shore Drive y recorrió el resto de Bahía de Cristal a pie.

Bahía de Cristal ha cambiado mucho desde su última visita. De ser un pueblecito tranquilo, ahora se ha convertido en un encantador y pintoresco pueblo costero con una calle que serpentea a lo largo de la tranquila costa. Ofrece una agradable experiencia de compras para los turistas adinerados y los nuevos residentes. Esta pintoresca vía pública exuda un aura de elegancia y sofisticación, en perfecta sintonía con los gustos de una nueva afluencia de clientela adinerada.

Con aceras adoquinadas y farolas antiguas listas para iluminar el cielo nocturno, la calle ofrecía un encanto nostálgico del viejo mundo. Cuando la brisa salada llegaba desde el mar cercano, la calle se llenaba a menudo de los sonidos melódicos de las gaviotas y el suave chapoteo de las olas, creando una atmósfera relajante.

El punto focal de esta calle es la hilera de seis elegantes tiendas minoristas, cada una de ellas diseñada meticulosamente para satisfacer los gustos más exigentes de los visitantes adinerados de la ciudad. Las fachadas estaban adornadas con grandes ventanales de cristal, enmarcados con herrajes ornamentados y cubiertos con elegantes cortinas ondulantes. Los toldos de felpa protegen a los compradores de la ocasional llovizna costera, lo que añade un toque de opulencia a las fachadas.

La primera tienda que vio Danny era una boutique de moda de alta gama, que exhibía ropa y accesorios de última moda. En su escaparate se exhibían maniquíes vestidos con los conjuntos más elegantes, mientras que la gerencia adornaba el interior con candelabros de cristal y probadores lujosos. Su nombre era sencillo: Donatela's Boutique.

Al lado, una exquisita joyería relucía con brillantes gemas y metales preciosos. En sus escaparates, Danny pudo ver vitrinas forradas de terciopelo que destacaban collares, anillos y relojes impresionantes, pero sin precios, un guiño al dicho: "Si tienes que preguntar, no puedes pagarlo". Un vistazo rápido al nombre de la tienda le dice a Danny que necesita dinero para entrar: Platinum Elegance Jewellers.

Siguiendo por la calle, una tienda de delicatessen gourmet ofrece una cuidada selección de delicias culinarias raras e importadas. La tienda es un festín para los sentidos, con el aroma de pan recién horneado, quesos artesanales y vinos finos flotando desde el interior. También tiene un nombre bastante original para la tienda: Gastronomía Gourmet.

Junto a la tienda de delicatessen había una galería de arte boutique. Danny podía ver desde el escaparate obras de artistas locales. Los interiores bien iluminados de la galería y las exposiciones cuidadosamente organizadas proporcionaban un telón de fondo ideal para que los coleccionistas de arte exploraran y compraran piezas excepcionales. Una vez más, Danny se dio cuenta de que el paisaje marino en el escaparate tenía el nombre del artista, pero no el precio. Danny se dio cuenta del nombre de la tienda y se preguntó si todos estos dueños de tiendas se habían reunido y elegido los nombres de sus tiendas juntos, ya que esta se llamaba: The Whimsical Palette.

Más abajo, una lujosa tienda de decoración del hogar atraía con su variedad de elegantes muebles y artículos decorativos. Muebles exquisitos hechos a mano, porcelana fina y textiles opulentos adornan la sala de exposición, y aunque la tienda de muebles puede parecer un poco fuera de lugar, o eso pensaba Danny, los artículos de la tienda combinarían con cualquiera de las casas con vistas al mar y Danny estaba seguro de que el Poplar Inn compró algunos de sus muebles aquí. Tenía un nombre normal: Haverty's.

Entre este popurrí de tiendas se encontraba un spa y centro de bienestar de alta gama. Tenía una superficie enorme y, por el nombre, Danny estaba seguro de que debía tratarse de una de las cadenas nacionales: Fitness Fusion Nation.

La última tienda era la más pequeña, pero Danny pensó que era la mejor. Al mirar su reloj, Danny se dio cuenta de que eran las 4:20 p. m. y que la tienda ya estaba cerrada, pero sabía que tenía que volver y mirar adentro. El nombre era tan simple como maravilloso de pronunciar: Bahía de Cristal Bookshop.

Danny se paró al borde de la carretera y observó el tráfico, esperando un momento seguro para cruzar. Finalmente, al ver un resquicio en el tráfico, Danny cruzó la calle rápidamente. ¿Puedes creerlo? Hay una pequeña hora pico en Bahía de Cristal. ¿Quién lo hubiera pensado?, pensó Danny.

Mientras se dirigía al otro lado, no pudo evitar notar un marcado contraste en el calibre de las tiendas minoristas. Las tiendas de allí eran notablemente menos elegantes que las que acababa de dejar atrás. Las fachadas eran más sencillas, con carteles y anuncios que carecían de la estética de alta gama de la cuadra anterior.

Al observar más de cerca, Danny contó seis tiendas más de este lado de la calle. Entre ellas había un supermercado IGA, una tienda de alimentación sencilla conocida por su asequibilidad y practicidad. Junto a él había una gasolinera que ofrecía la comodidad de comprar combustible y aperitivos a los automovilistas que pasaban por allí.

Las tiendas restantes eran una mezcla de negocios locales que ofrecían servicios que iban desde una pequeña tienda de electrónica, una ferretería, una tintorería y una hamburguesería para llevar. Danny no pudo evitar apreciar la diversidad de estos negocios, cada uno de los cuales satisfacía un conjunto distinto de necesidades y preferencias. Mientras continuaba su paseo por este lado de la calle, reflexionó sobre las sorprendentes diferencias entre las dos cuadras.

Cuando llegó a la siguiente calle, Danny miró, pero vio que la zona residencial de Bahía de Cristal recién comenzaba y siguió caminando para inspeccionar el vecindario.

Danny paseó por el barrio de clase media, caminando por calles bordeadas de árboles, cada casa con su propio encanto y personalidad. El barrio emanaba una sensación de comodidad y comunidad, con jardines bien cuidados, vecinos amables y un ambiente acogedor. Lo primero que vio fue una encantadora casa de campo con una valla de estacas blancas. Tenía un exterior cálido de color pastel y jardineras bajo las ventanas que le daban un aspecto acogedor y pintoresco. El jardín bien cuidado tenía rosas en flor y un seto cuidadosamente podado.

Unas cuantas casas después, se encontró con una casa clásica de estilo colonial. Tenía una fachada de ladrillo, un diseño simétrico y un hermoso porche delantero con columnas blancas. El cuidado patio delantero exhibía un mástil con una bandera australiana ondeando con la brisa.

Luego, al ver tres casas cercanas a la colonial, vio una casa contemporánea de una sola planta de estilo rancho. Sus líneas limpias, sus grandes ventanales y su patio delantero minimalista ofrecían una estética más moderna. Los residentes tenían un huerto bien cuidado a un costado de la casa, lo que demostraba su compromiso con la vida sustentable.

Aún fascinado por la variedad de casas, encontró una impresionante casa de la época victoriana que lo sorprendió con sus intrincados detalles de pan de jengibre, torretas y detalles ornamentales. Los propietarios pintaron la casa con colores vibrantes, con vidrieras que captaban la luz del sol. Era una verdadera joya arquitectónica en el barrio.

Danny miró su reloj: las 6:00 p. m. Solo unas pocas más, pensó para sí mismo al ver una práctica casa de dos niveles. Su diseño brindaba una sensación de amplitud con múltiples niveles y un césped bien cuidado. El garaje tenía dos autos y la entrada tenía tres bicicletas para niños ingeniosamente dispuestas, lo que insinuaba que en el interior vivía una familia.

La última casa de la calle realmente destacaba por su carácter ecléctico. Una casa de estilo artesanal con una mezcla de elementos arquitectónicos contaba con un porche adornado con artesanías de madera hechas a mano. El patio estaba lleno de una variedad de plantas en macetas e instalaciones de arte, lo que reflejaba la personalidad creativa del propietario.

Su tranquilo paseo por el barrio de clase media le permitió apreciar la diversidad de estilos arquitectónicos y las propiedades bien mantenidas. Había dinero cerca del distrito comercial central de Bahía de Cristal y los residentes se enorgullecían de sus hogares, lo que creaba un sentido de pertenencia y comunidad en esta parte amistosa y acogedora de la ciudad.

"Hay mucho dinero en este pequeño pueblo, especialmente en Shore Drive", pensó Danny mientras miraba su reloj, veía la hora y se dirigía hacia su coche para regresar al hotel.

Shore Drive en Bahía de Cristal, Nueva Gales del Sur, con su mezcla de tiendas minoristas sencillas y elegantes, ofrecía una combinación armoniosa de compras de lujo y encanto costero, y cuando le agregabas el "Seashell Café", Danny pensó que disfrutaría su estadía y se daría el gusto de las mejores cosas de la vida mientras saboreaba la belleza del mar.

Capítulo 9

Antonia 'Toni' Webster

Cuando Danny se instaló en su coche para el corto trayecto de vuelta al "Poplar Inn", se sintió aliviado de no tener que depender de su GPS esta vez. La ruta se había vuelto familiar con un solo trayecto y podía navegarla fácilmente. Con el motor ronroneando, comenzó su viaje.

Las farolas de Bahía de Cristal estaban encendidas innecesariamente, a pesar de que todavía había mucha luz de día y el sol se estaba poniendo. Parece que el ayuntamiento priorizó la seguridad de sus residentes adinerados y de los turistas, pensó Danny.

El resplandor de las farolas y las fachadas de las tiendas creaba un ambiente acogedor mientras Danny conducía hacia el hotel. La distancia hasta la posada era corta y el trayecto parecía más una formalidad agradable que un viaje desafiante.

Mientras conducía por las carreteras que conocía, su mente vagaba. Sus pensamientos se posaron en Toni, la chef del "Seashell Café". Le había causado una gran impresión durante su reciente visita. De alguna manera, un sándwich no la convierte en una chef extraordinaria, pero Danny no pudo evitar pensar que sus habilidades culinarias eran excepcionales. Tenía que haber algo más en sus habilidades. Toni preparó un sándwich sencillo que perduró en su memoria.

Danny no pudo evitar preguntarse también sobre los antecedentes de Toni. El nombre de pila de Antonia era de origen español o italiano, pero su apellido era Webster, más bien anglosajón. ¿Importa?, se preguntó Danny pensativo. "Por supuesto que no", fue su respuesta. "Supongo que simplemente tengo curiosidad. Bueno, recuerda que la curiosidad mató al gato". Sonrió para sí mismo ante ese último comentario.

En su mente, cuando visualizó a Toni como una joven Gina Lollobrigida, qué deslumbrante era. Su sonrisa lo derritió. Como el azúcar en el agua, pensó Danny, con una sonrisa en el rostro.

Perdido en sus pensamientos, Danny continuó su tranquilo viaje de regreso al Poplar Inn, esperando con ansias su regreso y la posibilidad de cenar en el "Seashell Café" una vez más. Los recuerdos de la deliciosa comida y la vibrante personalidad de Toni lo hicieron esperar otra visita al café, y no podía esperar para explorar más de las delicias culinarias que ofrecía.

Capítulo 10

Una Cena Interesante

Danny llegó al Poplar Inn con una sensación expectante. Tenía hambre y, al entrar en el vestíbulo, lo recibió el suave resplandor de los candelabros y el reconfortante aroma de las flores recién cortadas.

En la recepción, Gertie le dio la bienvenida. Tenía una cálida sonrisa y el mismo comportamiento alegre que cuando se registró, lo que tranquilizó a Danny. "Buenas noches, Danny", lo saludó. "¿En qué puedo ayudarte hoy?".

"¿A qué hora se sirve la cena?".

"La cena se sirve de 18:30 a 22 horas, de lunes a jueves, y de 18:00 a 23 horas, de viernes a domingo".

Danny mira su reloj y decide que tiene tiempo para refrescarse.

"¿Qué tal si hacemos una reserva para cenar a las 7:30 p. m.? ¿Pue-den atenderme con tan poca anticipación?".

"Por supuesto. No hay problema. Nos vemos entonces".

"Y si es posible, me gustaría una mesa tranquila con una vista agradable, si está disponible".

Gertie sonrió sin dudarlo: "Tenemos una mesa en un rincón junto a la ventana que ofrece una hermosa vista del jardín. ¿Te parece bien?".

Danny expresó su alegría: "Eso suena perfecto, gracias".

"Estamos deseando que nos acompañes a cenar, Danny, a las 19:30. ¿Hay algo más en lo que pueda ayudarte?".

Danny negó con la cabeza. "No, eso es todo por ahora. Gracias, Gertie".

Una vez hecha la reserva para la cena, Danny se dirigió a su habitación. Mientras subía las escaleras, vio que el pasillo del hotel estaba repleto de obras de arte antiguas y no pudo evitar admirar la rica historia del establecimiento. Al entrar por primera vez en su habitación, la encontró decorada con muebles clásicos. Era acogedora y atractiva y se encontraba en la parte trasera del hotel. Danny se dio cuenta de que alguien había dejado su equipaje y lo había colocado sobre la cama, esperando a que deshiciera las maletas. Deshizo las maletas y luego fue al baño para darse una ducha rápida. Después de la ducha, Danny se acomodó y tuvo un momento para disfrutar de la vista del jardín bien cuidado desde su balcón. Podía escuchar las distantes olas del océano rompiendo en la costa de Bahía de Cristal.

Justo cuando estaba a punto de relajarse y descansar, sonó su teléfono móvil y Danny vio el identificador de llamadas: Hair Man. Era Albert. "Hola, Albert, ¿qué pasa?".

La voz de Albert sonaba preocupada. "Danny, solo quería saber cómo estás. Ya sabes cómo pueden ser estos viajes a veces. ¿Cómo va todo?".

Danny apreció la preocupación de Albert y le aseguró: "Todo va bien, Albert. El hotel es encantador y acabo de hacer una reserva para cenar a las 7:30 p. m. Te contaré los detalles de mi viaje a Bahía de Cristal más tarde. ¿Cómo van las cosas por tu parte?".

Albert parecía aliviado. "Me alegra saber eso, Danny, cariño. Las cosas van bien por aquí. Tengo mucho que contarte, pero solo quería asegurarme de que llegaste sano y salvo. Ese auto nuevo tuyo es potente, ya sabes".

"Sí, lo sé Albert, pero ya me conoces. No corro demasiado. Escucha, tengo que prepararme para la cena. ¿Te levantarás más tarde esta noche? Puedo llamarte más tarde y me puedes poner al día con lo que quieras compartir. ¿Te parece bien?".

"Por supuesto, cariño. Sabes que siempre te esperaría despierta toda la noche".

"Apuesto a que lo harías si no tuvieras algo bajo la manga. ¿Hablamos más tarde, hermano?".

"Está bien. Disfruta de una cena estupenda y avísame si necesitas algo".

"Gracias, Albert. Te veo más tarde. Cuídate", respondió Danny, dando por finalizada la llamada.

Después de la llamada de Albert, Danny se dirigió al bar y al comedor del hotel exactamente a las 7:30 p. m., la hora de su reserva. Cuando entró en el elegante espacio, Allison, la anfitriona, lo saludó calurosamente. Tenía una sonrisa amable y un comportamiento profesional.

"Buenas noches, usted debe ser el señor Monk, nuestra reserva para las 7:30 p. m.", dijo Allison. "Su mesa está lista. Por aquí, por favor".

"Sí, lo soy. Por favor, muéstrame el camino".

Danny siguió a Allison mientras ella lo guiaba por el comedor bien equipado. Su mesa en la esquina ofrecía una hermosa vista del jardín, tal como Gertie le había prometido.

Mientras se dirigía a su mesa, no pudo evitar observar a los demás comensales del restaurante, cada uno de los cuales aportaba su propia historia y presencia únicas a la sala.

Primero, había una pareja de veintitantos años sentada en una mesa adornada con pétalos de rosa y velas. Intercambiaron miradas amorosas y se tomaron de la mano, claramente en los primeros días de su luna de miel. Su alegría y emoción eran contagiosas mientras brindaban por su nueva vida juntos.

Luego había una pareja mayor, probablemente de sesenta y tantos años, dispuesta a cenar tranquilamente y con satisfacción. Tenían un aire de comodidad y familiaridad, compartiendo historias y sonrisas mientras bebían una botella de vino. Los años habían profundizado su conexión y su amor era evidente en las cálidas miradas que se intercambiaban.

Al ver a las parejas jóvenes y mayores, Danny pensó: No vayas allí, Danny, no vayas allí, se dijo.

Echó una rápida mirada a su izquierda y vio a un hombre solitario de unos cuarenta años sentado con un vaso de whisky. Parecía perdido en sus pensamientos y, de vez en cuando, sus ojos mira-ban su teléfono. Su soledad parecía deliberada y había un aire de introspección en él, como si estuviera planeando algo.

Junto a él, en una mesa aparte, se encontraba una mujer de unos cincuenta y tantos años sentada en una mesa junto a la ventana. De ella emanaba confianza, elegancia y riqueza. Llevaba tantas joyas que la luz de las lámparas de araña parecía reflejarse en ella. Mientras leía un libro, bebía un sorbo de vino y disfrutaba de su propia compañía. Había una sensación de seguridad en sí misma, en su presencia.

Finalmente, junto a la mesa a la que Allison acompañaba a Danny, se sentaba un hombre mayor que parecía tener unos setenta y cinco años, que se sentaba solo. Tenía un porte de serena dignidad, con un libro sin abrir sobre la mesa. Sus manos arrugadas sujetaban una copa de vino tinto y observaba la habitación con ojos penetrantes.

El hombre llevaba una chaqueta de tweed de corte impecable y unos pantalones de vestir, indicativos de su estilo atemporal. Danny se fijó en el libro que estaba más cerca. Estaba abierto y se encontraba a un lado de la mesa. El libro parecía más un accesorio, pero podría ser simplemente un fiel compañero en los innumerables viajes literarios que ha realizado.

Danny siguió observándolo. Su pelo era entrecano, ligeramente despeinado, pero aun así transmitía un aire de sofisticación, enmarcado por un rostro surcado por las líneas de una vida plena. Con sus gafas de montura fina colocadas sobre el puente de la nariz, proyectaba un aire de intelecto y sofisticación. Las monturas, delicadas y discretas, trazaban los contornos de su rostro con precisión. Los cristales, claros y pulidos, revelaban una agudeza en su mirada, sugiriendo una mente en constante trabajo.

Además, enmarcaban sus ojos como las ventanas de una mente culta, lo que le daba un atractivo intelectual que complementaba su apariencia general. Había algo en él, pero Danny sintió que tal vez su imaginación estaba sacando lo mejor de él.

Danny se dio cuenta de que los clientes tenían bebidas, pero no comida, por lo que, si el restaurante abría a las 6:30 p. m., como le había dicho Gertie a Danny, al menos deberían estar comiendo su plato principal. Esto desconcertó a Danny. No tenía sentido, pero los clientes no parecían inmutarse.

Cuando Danny se acercaba a su asiento, el anciano lo agarró del brazo. "¿Estás sentado solo, jovencito? ¿Te importaría sentarte y acompañar a un anciano durante su cena y hacer que sea una cena interesante?". Danny se detiene y mira al caballero un poco más de cerca. Con elegancia y aplomo, el caballero bebió el vino, saboreando su aroma y su delicado sabor. Un aroma que emanaba de él. Un equilibrio entre frescura y calidez, como una combinación cuidadosamente elaborada de cítricos, especias y maderas que perdura. La luz suave y cálida de la habitación creó una atmósfera tranquila y agradable, un entorno maravilloso para una cena.

Danny percibió a este caballero como un hombre que había vivido bien y disfrutaba de muchos placeres simples, como la conversación. Su apariencia era bien cuidada y parecía que usaba maquillaje, como base o corrector, para disminuir los problemas de la piel relacionados con la edad, creando así un aspecto refinado. Parece que Danny no estaba destinado a cenar solo, por lo que le respondió al anciano: "Lo estaba, señor, pero ahora, si me acepta, estaré más que feliz de disfrutar mi cena con usted, señor…".

"Reynolds, Abraham Reynolds, señor Monk".

"Por favor llámame, Danny".

"Entonces puedes llamarme Abe. Siéntate, por favor. ¿Qué vas a tomar?".

"¿Qué estás bebiendo, Abe?".

"Allison me recomendó una copa de vino de los viñedos Brown Brothers con la inusual marca Patricia, un Shiraz. Dijo que era caro, así que le dije que sí. El sabor era maravilloso. Tenía una textura notable en boca con sabores audaces y complejos. Me encanta el tono de color intenso de este vino".

"En ese caso, pediré una botella para nosotros", y Danny le hizo un gesto a Allison, quien se acercó y tomó el pedido de Danny.

"Dios mío, Danny, parece que me espera una larga noche de bebida". Danny sonrió y simplemente asintió.

"Entonces, ¿dónde está la comida, Abe? Me di cuenta de que todos tienen algo para beber, pero no comida".

"Bueno, parece…" y Abe fue interrumpido por una voz desde la puerta de la cocina.

"¿Podrían prestarme atención, por favor, damas y caballeros?".

Danny se gira y ¿quién resulta estar parada en la puerta de la cocina? No fue otra que Antonia Webster. Oh, sí, esta va a ser una cena interesante, pensó Danny.

Capítulo 11

Haciendo Amigos

De pie cerca de la puerta de la cocina está Toni, y parecía que es-taba a punto de dar un discurso.

"Damas y caballeros, les pido disculpas por el retraso en la cena. No hay excusa que pueda expresar lo decepcionada que estoy por no haberles atendido por este retraso. Espero que me permitan compensarlos. La cena, las bebidas y el postre de esta noche correrán por mi cuenta y estoy preparando un postre especial mientras hablamos para que la espera valga la pena. La cena que eligieron estará lista en breve y, una vez más, les pido disculpas sinceras".

Cuando Toni se da vuelta para regresar a la cocina, ve a Danny y le dedica una gran sonrisa, que él le devuelve.

Abe mira a Danny y, sonriendo, pregunta: "¿La conoces, Danny?".

"Sí y no. La conocí hoy en el café de 'Shore Drive' cuando fui a almorzar. No sabía que ella era la chef del hotel".

"Te espera una gran sorpresa, jovencito. Es una chef maravillosa. Llevo aquí más de una semana y la hora de la cena siempre es para morirse. Sus especialidades son simplemente maravillosas. Sus especialidades son: pescado, marisco y cordero. Esta noche pedí un plato principal de delicados canapés con salmón ahumado aterciopelado en rodajas finas elegantemente dispuesto sobre crostini crujientes y dorados, acompañado de una cucharada de creme fraîche con infusión de eneldo. Para mi plato principal, tenía la opción de una impresionante bandeja de marisco frío adornada con una selección de patas de cangrejo real de Alaska, suculentas colas de langosta y regordetes langostinos australianos rodeados de un montón de ostras saladas sobre un lecho de hielo picado y servidos con salsa de cóctel picante, vinagreta y rodajas de limón. No pensé que tendría espacio para nada más después de eso. Creo que saborearé la generosidad del océano con esta comida".

"Eso suena simplemente magnífico", dijo Danny, mirando el menú. "Creo que también pediré los canapés, pero me decantaré por la lubina chilena a la plancha. El menú dice que se cocinará de tal manera que logre un exterior dorado y crujiente, pero que mantenga un interior húmedo y escamoso. Viene sobre una cama de espinacas salteadas y puré de papas asadas con ajo, rociado con una salsa blanc de limón aterciopelada. Suena simplemente delicioso, abundante pero no pesado".

Justo cuando Danny deja el menú, un joven camarero sale de la cocina y se acerca a su mesa.

"Señor Reynolds, sus canapés. La chef agregó algunos extras debido a la espera".

Abe miró al joven con una sonrisa y le dijo en voz baja: "Gracias". El camarero se volvió hacia Danny: "¿Qué puedo ofrecerle, señor? Perdón por la demora", dijo con voz sincera.

"Creo que los canapés son demasiado buenos como para dejarlos pasar y, como plato principal, elegiré la lubina chilena salteada a la sartén".

"Excelente, señor. Le informaré a la chef cuál es su elección y se la traeré enseguida", y se va a hacer el pedido.

"Empieza a comer, Abe, por favor no me esperes".

"¿Estás seguro? Parece de mala educación".

"No, por favor, disfruta de tus canapés".

"Te diré algo, Danny. Vamos a compartirlo y, cuando salga el tuyo, elegiré algunos de tu pedido. ¿Qué te parece?".

"Hiciste un trato, Abe", dijo Danny mientras tomaba uno de los canapés.

Poco a poco, otro joven camarero salió de la cocina y se dirigió a la mesa donde estaba la joven pareja. Danny no podía ver lo que había en los platos, pero tenía una pinta estupenda.

Entonces, el camarero que llegó a la mesa de Danny y Abe salió con dos platos y se dirigió hacia la mesa de la pareja mayor y la señora pareció aplaudir cuando vio su plato.

Mientras el segundo camarero volvía a la cocina, el primero salió con un solo plato y se lo entregó a la elegante dama de unos cincuenta años que miró el plato que le servían frente a ella, pero siguió leyendo su libro como si no le interesara la comida y ni siquiera le hiciera caso al camarero. El camarero se apartó de la mesa y la dama dejó el libro y comenzó a comer de inmediato. La riqueza no trae consigo clase, pensó Danny al observar su respuesta.

Abe nota la misma reacción y la cara de Danny y hace un comentario rápido.

"¿Has notado cómo reaccionó? Bueno, esa es la Sra. Lititz Carter, viuda. Vive en Toorak, Victoria y, según ella: 'Me encanta viajar por los pequeños pueblos de Nueva Gales del Sur', imita Abe haciendo comillas en el aire. Según lo que dijo, o lo que escuché, es bastante rica, pero no estoy seguro. Ha elegido quedarse en la habitación Coral Cove".

Finalmente, Allison sale de la cocina con un plato más y se lo entrega al hombre del whisky, quien asiente y comienza a devorar su pedido.

"Bueno, parece que el último serás tú, Danny", dijo Abe.

"Fui el último en llegar, pero comparto tus canapés así que no me va tan mal y ahora todos parecen un poco más relajados con la comida en su mesa".

"Son todo un grupo interesante, esta pandilla", añadió Abe.

"¿En serio? ¿Cómo es eso, Abe?".

"¿Has conocido a alguno de ellos?".

"En realidad no Abe. Solo tú. ¿Por qué?".

Abe miró a su alrededor como para asegurarse de que nadie estuviera escuchando y sonrió mientras le decía a Danny: "Bueno, la joven pareja se hace llamar Jim y Sally Wentworth. Lo que quizás hayas deducido de sus acciones amorosas es que están aquí de luna de miel".

"Sí, lo deduzco por las señales corporales, Abe. Es increíblemente fácil reconocerlos", respondió Danny con una sonrisa traviesa.

"Lo que no sabes, Danny, es que, desde su llegada, Robert entra en su habitación cuando se retiran a dormir".

"¿Quién es Robert? preguntó Danny".

"El joven portero. Lleva el equipaje de la gente a sus habitaciones y ayuda en el lugar".

Abe, sonriendo, asintió con la cabeza en dirección a la joven pareja y continuó: "La joven pareja está participando en un ménage à trois por los sonidos que escucho desde el otro lado del pasillo. Estoy justo frente a ellos, ¿sabes? Están en el Mermaid's Retreat, que es un refugio encantador para quienes buscan una escapada romántica. Tiene un balcón, por lo que pueden disfrutar de la brisa del mar y dejan las puertas del balcón abiertas. El sonido viaja por la puerta principal y por la puerta del balcón. Estoy al otro lado del pasillo, en el Nautical Nook, más modesto, con vistas a Shore Drive. Intento mantenerme dentro de mi presupuesto cuando viajo, ¿sabes a qué me refiero?".

"Sí, lo entiendo, Abe, respetar un presupuesto siempre es importante en todos los aspectos de la vida. Vaya, eso es algo más. Se ven tan felices".

"Probablemente estén emocionados, pero nunca se sabe qué es lo que motiva a la gente, ¿no?", mientras se lleva un canapé a la boca y cierra los ojos como si estuviera en éxtasis.

Después de disfrutar del canapé, Abe señala con su dedo índice izquierdo a la pareja mayor.

"Ahora tenemos al señor Aloysius y a la señora Evelyn Maxwell de Mosman. Se están quedando en la suite Sea Breeze y se registra-ron después de haber venido a visitar a un nieto en Byron Bay, cerca de allí. Tuvieron una pelea con él y los echó, así que aquí están, lamiéndose las heridas, por así decirlo. He oído que el señor Aloysius es banquero en uno de los cuatro grandes bancos, no estoy seguro de cuál. Parece un banquero, ¿no?".

Danny miró a los Maxwell y se volvió hacia Abe. "Abe, no estoy seguro de cómo se supone que debe ser un banquero. Parece como todos los demás".

Abe se limitó a decir con tono burlón: "Sí, mi joven amigo, es banquero. Puedo verlo", mientras señalaba su propia nariz con el dedo.

"Danny, ¿te importa si me sirvo el último canapé?", pregunta mientras se acerca al plato.

"Adelante", dijo Danny al ver a un joven con uniforme de chef que se acercaba con su bandeja de canapés. Vienen más canapés en este preciso momento.

El joven cocinero coloca el plato sobre la mesa.

"Con cortesía de la Chef Toni, Sr. Monk".

"Muchas gracias jovencito. ¿Cómo te llamas?".

"Mi nombre es Marcus Aurelio Burton, señor, un placer conocerlo".

"Supongo que trabajas con la chef Toni, ¿no?".

"Sí, estoy terminando mi aprendizaje con ella".

"El señor Reynolds me dijo que la chef Toni es toda una chef".

"Ella es increíble. He aprendido muchísimo y me ha dicho que cree que pronto estaré listo para emprender mi carrera en solitario. No puedo esperar".

"Me alegra oír eso. Dale las gracias por los canapés".

"Oh, lo haré. ¿Te gustaría que Allison te trajera otra botella de vino?".

Danny mira a Abe, quien simplemente sonríe y Danny asiente con la cabeza hacia Marcus, quien a su vez toma la botella vacía y le hace un gesto a Allison para que traiga otra.

Mientras Marcus se aleja, Abe toma otro canapé y dice: "Gracias por la siguiente botella de vino. Es divino. Está fuera de mi alcance, así que lo estoy disfrutando muchísimo".

"Por favor, Abe. Esta noche te he cubierto con el vino".

"Pero pensé que la chef pagaría esta noche", afirmó Abe.

Danny sonríe. "Eso es lo que ella dijo, pero no voy a dejar que ella pague por nosotros. Déjame encargarme de eso. Ahora dime lo que sabes sobre el caballero solitario". Danny inclina la cabeza hacia el hombre que está sentado solo con el whisky, con la esperanza de que Abe también pueda identificarlo.

"Ah, ese es el señor Homer Witham. Creo que está en el Lighthouse Loft. Leí sobre él en el Financial Times de Sídney. ¿Oíste lo que hizo, verdad?".

"No, Abe. ¿Qué hizo?".

"Estafó a sus inversores por más de 30 millones de dólares en fondos de criptomonedas. Escuché que algo lo relacionaba también con el crimen organizado. Está en libertad bajo fianza a la espera de ser juzgado en diciembre. Es un tipo bastante desagradable. Tal vez quieras alejarte de él".

Al mirar al hombre, Danny no percibió ninguna amenaza en él, pero las apariencias engañan. Justo en ese momento, Allison aparece con la cena.

"Señor Reynolds, su pedido, como lo solicitó, con limones adicionales. Señor Monk, su lubina", mientras colocaba el plato frente a Danny, Allison agregó: "Cortesía de la chef Webster. Dijo que esperaba que lo disfrutara, pero que se asegurara de dejar espacio para el postre".

Danny sonrió y le respondió a Allison: "Por favor, hazle saber que dejaré lugar para su postre".

Allison les devolvió la sonrisa a Abe y a Danny y corrió a la cocina para transmitir el mensaje.

Abe le dio otro mordisco a su cola de langosta, miró a Danny y dijo: "Joven, haces amigos rápidamente".

Danny reflexiona sobre esa afirmación durante unos segundos y solo puede decirle a Abe: "Supongo que sí, Abe. Supongo que sí".

Capítulo 12

El Viaje a Casa

❧

El resto de la velada transcurrió agradablemente para Danny y su nuevo compañero, Abe, mientras charlaban y se conocían un poco mutuamente.

"Entonces, Abe, ¿sigues trabajando o ya te has retirado del ajetreo diario?", preguntó Danny.

"Dios mío, hacía tiempo que no oía que se mencionara el trabajo en esos términos. Sí, estoy jubilado. Hace más de quince años".

"¿A qué te dedicabas, Abe?".

"Cuando era más joven, trabajé en dos empresas al mismo tiempo. Primero, Nullica Security Service, que ofrecía los servicios de seguridad residencial habituales para las casas de las personas, ya sabes, cámaras, alarmas, ese tipo de cosas. Una cosa llevó a la otra y, unos años más tarde, me hice cargo de Nullica Locks and Safes cuando el propietario sufrió un ataque cardíaco y la familia tuvo que vender la empresa rápidamente. La conseguí a precio de ganga y, como complementaba mi negocio de seguridad, me resultó muy bien. Hice crecer el negocio con los años y más tarde lo vendí al servicio de seguridad estadounidense ADT cuando empezaron a entrar en el negocio en Australia. Durante los últimos quince años, estuve viajando todos los días".

"¿Viajar diariamente?".

"Bueno, déjame aclararte. No me gusta el invierno. Me hace usar demasiada ropa, así que paso seis meses en Australia, de septiembre a marzo, y luego paso los siguientes seis meses en climas más cálidos alrededor del mundo disfrutando de la primavera y el verano. Francamente, no tengo ropa de invierno, y me da tiempo para mi pasatiempo favorito: observar aves en parques y reservas naturales", agregó Abe con una risita.

"Vaya vida, Abe. Vender tu negocio debe haber sido rentable para ti, si no te molesta que lo diga".

"No, Danny. Sí, el precio de venta fue sustancial, pero hice nuevas inversiones y adquisiciones inteligentes durante mis viajes que aumentaron mi patrimonio neto, y puedo pasar mi tiempo en lugares encantadores como el Poplar Inn en la hermosa Bahía de Cristal y hacer nuevos amigos", dijo Abe señalando a Danny.

"Me inclino ante tu sabiduría, Abe, y ante tu buen gusto en los amigos".

Abe se rió del comentario de Danny y preguntó: "¿Y tú, Danny? ¿Estás jubilado?".

Danny fue a explicarle su negocio y Abe lo escuchó atentamente, sorbiendo su copa de vino, asintiendo y haciendo preguntas ocasionales. Danny no dio detalles de ninguna de sus propias inversiones ni adquisiciones con Albert y, por supuesto, no mencionó a Alessia, sino que se concentró en su librería y otros negocios legítimos con Albert y solo dijo que se estaba tomando un tiempo libre para relajarse y ordenar sus pensamientos.

"Señores, perdonen mi interrupción. ¿Están listos para el postre?", preguntó el joven camarero.

Abe y Danny se miraron y Abe indica que no iba a comer postre, pero Danny estaba listo.

"Mi amigo, el señor Reynolds, no quiere tomar nada, pero yo estoy listo para el postre. Por cierto, ¿cómo te llamas?".

"Soy Frankie. Frankie Lemmon, señor".

"Encantado de conocerte, Frankie. Me quedaré aquí en la posada durante un par de semanas, así que pensé que podríamos llamarnos por nuestro nombre de pila. Llámame, Danny".

Frankie se sorprendió un poco por el gesto de Danny, pero respondió con cautela: "Está bien, Danny. Te traeré el postre en un minuto".

"Bueno, parece que sigues haciendo amigos, o al menos estás intentándolo".

"No soy una persona muy formal, Abe. Odio que siempre me pongan 'señor' delante de los nombres. Al principio sí, pero una vez que conozco a alguien, para mí es cuestión de nombre".

"Entiendo Danny. Frankie es un chico simpático. Me han dicho que lleva trabajando aquí más de dos años y que tiene una personalidad muy respetable y es muy querido por los huéspedes".

"Mientras espero el postre, ¿puedo pedirte un café, Abe?".

"Oh, no Danny, no podré dormir esta noche si tomo un café tan tarde".

Danny miró su reloj. Eran casi las diez de la noche. La velada había pasado volando y él se lo había pasado de maravilla con Abe. El tiempo simplemente pasó sin sentir en una agradable conversación.

Frankie regresa sosteniendo el postre de Danny y lo coloca frente a él y mirando a Abe, como una tentación, le describe a Danny lo que le ha entregado.

"La chef de esta noche ha creado un postre especial para compensar lo tarde que ha sido la cena. Se trata de una panna cotta de limón y lavanda servida con una deliciosa compota de frutos rojos. La suave y cremosa panna cotta tiene una delicada infusión de notas cítricas y florales, perfectamente complementadas por la explosión de sabor de la compota de frutos rojos, para la que la chef recomienda un jerez Harvey Bristol Cream como acompañamiento".

"Se ve delicioso, Danny, pero ya estoy lleno. Por favor, come y, si no te importa, me retiraré por esta noche. Me lo he pasado genial. Quédate y termina tu postre". Abe se levanta y mira alrededor del restaurante y luego dice: "Bueno, parece que tú también vas a cerrar el local. Eres el último. Hasta luego, Danny". "Nos vemos luego, Abe", dijo Danny mientras tomaba su tenedor para comenzar a trabajar la panna cotta y le pidió a Frankie que le trajera una copa de jerez Harvey Bristol Cream para acompañar el postre.

El postre rebosa de sabor cuando lo muerde y entonces, con el rabillo del ojo, Danny ve a Toni salir de la cocina con un vaso en la mano.

"¿Pidió usted un jerez, señor?".

Danny se levanta rápidamente y, con una sonrisa tonta en el rostro, solo puede responder: "Sí, lo hice. ¿Te gustaría acompañarme a tomar un jerez? La panna cotta está maravillosa, por cierto".

"Y así debe ser. La he preparado esta noche y sí, me uniré a ti", y Toni le hace un gesto a Frankie para que le traiga también un jerez.

Mientras Danny se sienta, la exquisita apariencia de Toni todavía lo cautiva. Trabajar en una cocina debe ser agotador, pero Toni se ve tan renovada, sentada allí con él. Frankie regresa rápidamente con una copa de jerez.

"Gracias, Frankie. Por favor, ayuda a Milo a comenzar el proceso de limpieza. ¿Crees que puedes ayudarlo?".

"Sí, chef. Tómatelo con calma. Lo entiendo", y se apresuró a entrar en la cocina.

Al ver a Frankie atravesar la puerta de la cocina, Danny se dirige a Toni: "La cena estuvo espectacular, Toni. Estoy muy impresionado con tus habilidades culinarias. ¿Dónde te formaste y desarrollaste ese talento?".

"Tuve la suerte de tener dos maestros y mentores maravillosos. A la primera ya la conociste, mi madre Cecilia, y el segundo fue Auguste Ducharme, de la Escuela de Cocina Gourmet de Galtieri Marchesi en L'Albereta, Italia, donde pasé mis últimos años aprendiendo más. Me alegro de que apruebes a ambos", dijo Toni con una risita mientras bebía un sorbo de jerez.

"Un chef francés enseñando en una escuela culinaria italiana de primer nivel. Eso tiene que ser interesante, por decir lo menos", dijo Danny.

"Interesante era probablemente una palabra que no habría usado para describir mi tutoría, pero en verdad fue bastante instructiva y aprecié todo lo que aprendí allí".

Las bromas continuaron de ida y vuelta y, antes de que Danny se diera cuenta, ya era medianoche y Toni se levantó, le dio las buenas noches y comenzó a caminar de regreso a la cocina.

"¿Cómo vas a volver a casa?", preguntó Danny.

"Normalmente me lleva Frankie. Ya debería haber terminado con la cocina".

"¿Por qué no le dejas que me permita llevarte a casa, si estás de acuerdo?".

Toni se toma unos minutos para considerar la propuesta y le dedica a Danny una gran sonrisa. "Está bien, tienes un pasajero. ¿No te importa?".

"No, en absoluto. Sólo quiero pasar tanto tiempo como pueda contigo esta noche, así que este es mi torpe intento de hacerlo".

Toni se rió en voz alta y le sonrió a Danny.

"Bueno, está funcionando. Espérame en el vestíbulo".

Danny la vio entrar a la cocina y tomó su último sorbo de jerez y se dirigió hacia Allison, que era la última empleada que quedaba en la habitación.

"Allison, no quiero que la chef Webster pague por el señor Reynolds ni por mi cena de esta noche. Por favor, pongan esas comidas y bebidas en mi habitación. ¿De acuerdo?".

"Por supuesto, señor Monk, como usted desee. Que tenga una buena noche".

Danny entra al vestíbulo y se queda esperando a Toni, sintiéndose mareado.

¿Por qué me siento así?, pensó para sí mismo y luego oyó pasos y vio a Robert, el portero, bajando las escaleras.

"Buenas noches, señor Monk", dijo.

"Buenas noches", respondió Danny, y vio a Robert pasar a toda prisa junto a él y pudo oler el aroma de una mujer en él.

Supongo que también fue una buena noche para ti, pensó Danny.

"Estoy lista Danny".

Danny se giró y vio a Toni.

"¡Vaya! No te reconocí con la ropa puesta".

"¿Qué?", dijo Toni sorprendida.

"Oh, espera, Toni, eso no me ha salido bien. Quise decir que no te reconocí sin el uniforme de chef".

Toni se relajó un poco y sonrió.

"Por un momento pensé que eras una especie de pervertido, Danny".

Sorprendido por su comentario, Danny se limitó a responder: "No, no lo soy".

"Lástima".

"¿Qué?", fue el comentario de Danny.

Toni se rió en voz alta y puso su brazo en el de él.

"Llévame hasta tu carro, Danny".

Es hermosa, inteligente, tiene sentido del humor y además sabe cocinar. Debo tener cuidado con ella, pensó Danny mientras sacaba a Toni por la puerta principal de la posada.

Capítulo 13

El Capitán y el Primer Oficial

anny acompaña a Toni fuera de la posada hacia su coche. Incluso bajo la luz de la luna, Toni puede ver que Danny tiene un gusto caro en cuanto a coches y hace un pequeño comentario: "Dios mío, Danny, debes haberte gastado unos cuantos centavos en esta belleza".

Al abrirle la puerta a Toni, lo único que Danny puede decir es: "Sabes Toni, eres la segunda persona que ha hecho la misma declaración".

Al poner en marcha el coche, Toni le da su dirección a Danny y él la introduce en el sistema GPS del auto. Después de unos minutos, Toni coloca su mano sobre el brazo derecho de Danny y le pide que cambie de dirección hacia un lago cercano. Un poco sorprendido por la petición, Danny simplemente asiente y sigue sus instrucciones después de apagar el GPS.

Llegaron a un lago cercano y se encontraron rodeados de una quietud serena que sólo una noche iluminada por la luna en el lago podía proporcionar.

"No sabía que este lago estaba aquí. ¿Tiene nombre?", pregunta Danny.

"Los lugareños lo llaman Bahía de Cristal Lake, pero en los mapas aparece como Whispering Pines Lake. No estoy segura de por qué".

Danny mira a su alrededor y ve que la superficie del agua refleja las estrellas brillantes que hay encima, creando una atmósfera en-cantadora. La decisión espontánea de Toni de desviarse hacia el lago tomó a Danny por sorpresa, pero no pudo negar el encanto de la escena pacífica.

Aparcaron el coche cerca del borde del agua y el suave sonido de los grillos llenó el aire. Toni se volvió hacia Danny con un brillo travieso en los ojos y le dijo: "Sabes, a veces necesitas un descanso de la rutina, Danny. La vida es demasiado corta para seguir siempre el camino planeado".

Danny sonrió, intrigado por el espíritu aventurero de Toni. "Tienes toda la razón. ¿Qué tenías en mente?".

Toni señaló un pequeño bote de remos amarrado cerca. "¿Qué tal si remamos a medianoche en el lago? Hacía mucho tiempo que no hacía algo tan espontáneo como esto. Tú puedes remar y ser el capitán y yo seré el primer oficial".

Danny dudó un momento y luego siguió adelante con el plan improvisado. Subieron al bote; el crujido de la madera debajo de ellos se sumaba al ambiente misterioso de la noche. Danny tomó los remos y se deslizaron sobre el agua tranquila; los únicos sonidos eran el suave chapoteo del lago contra el bote y los lejanos gritos de las criaturas nocturnas.

Mientras Danny remaba, Toni contaba historias de su pasado, anécdotas que los hacían reír y momentos que los hacían reflexionar. La luz de la luna danzaba sobre el agua y proyectaba un brillo mágico a su alrededor. Parecía que estaban en un mundo propio, lejos del ajetreo y el bullicio de su vida cotidiana.

"Estuve hablando de mí. Ahora te toca a ti, Danny. Cuéntame algo de ti".

Danny respondió a la solicitud repasando su vida en Northport. Compartió que su padre había trabajado en una ferretería local, Williamson's, y que su madre había sido profesora en la biblioteca de Northport en Mavis Street. Explicó que después de terminar la escuela secundaria, su objetivo profesional inicial era dedicarse a la arquitectura. Danny explicó que rápidamente se dio cuenta de que, después de tomar el primer curso, no era arquitecto de corazón. En cambio, descubrió que disfrutaba del mundo minorista.

Para ayudar con los gastos de ir a la universidad, le contó a Toni cómo su madre contactó al Sr. Hebert McCullum, dueño de McCullum Booksellers, y cómo lo contrataron como vendedor minorista a tiempo parcial, reponedor y empleado en general.

Finalmente, explicó que esta fue una gran decisión para él y cuando el anciano McCullum estuvo listo para jubilarse, Danny tomó toda su herencia, obtuvo un préstamo bancario y compró la tienda y su inventario y agregó la colección de libros que sus padres habían adquirido a lo largo de los años.

"Así nació 'Village Books & Stuff'. A lo largo de los años, algunas adquisiciones, inversiones inteligentes y nuevas asociaciones con algunos empresarios talentosos me resultaron muy beneficiosas y aquí estoy, sentado en un bote de remos en medio de este lago, contándote la historia de mi vida".

Toni se rió de cómo terminó su historia y Danny le sonrió. Se ve hermosa a la luz de la luna, pensó Danny.

Después de un rato, Toni sugirió que anclaran el barco en un lugar tranquilo. Se tumbaron, contemplando el cielo estrellado, sumidos en un silencio reconfortante. El aire era fresco y una suave brisa traía el aroma de los pinos de los bosques circundantes.

"¿Hueles el aroma de los pinos, Toni?".

Toni respiró profundamente y respondió: "Ahora entiendo por qué se llama lago Whispering Pines", y le sonrió a Danny.

Mientras yacían uno al lado del otro, la cercanía entre ellos aumento. Toni giró la cabeza para mirar a Danny, sus ojos brillaban a la luz de la luna. "Sabes", dijo, "a veces es bueno escapar de lo ordinario y simplemente estar en el momento".

Danny asintió con la cabeza y miró su reloj y vio la hora.

"Toni, ¿sabes qué hora es?".

Toni miró su propio reloj y vio la hora: las 5:17 a. m. "Bueno, capitán Danny, haces que el tiempo pase tan rápido que parece que hubiera volado. Me alegro de que hayamos pasado este tiempo juntos aquí, en este lago, disfrutando de la noche".

Danny miró a Toni con una gran sonrisa y simplemente dijo: "Estoy de acuerdo contigo, amiga".

Cuando las primeras luces del amanecer pintaron el horizonte, remaron de regreso a la orilla, llevando consigo la magia de una no-che pasada bajo las estrellas.

"Vamos a llevarte a casa ahora. Estoy seguro de que tu madre estará preocupada".

Toni suelta una carcajada: "No vivo con mi madre, Danny. No soy una niña. Tengo mi propia casa, así que vuelve a poner en línea el GPS y déjame prepararte el desayuno en mi casa".

Danny reinició el GPS y en veinte minutos, la voz automatizada del GPS anunció que habían llegado.

La casa de Toni era una casa de estilo Queenslander modificada.

La típica casa de Queensland es un estilo característico de la zona noreste de Australia, conocida por su diseño en relieve para combatir el clima cálido de la región. La casa de Toni era un poco diferente.

Al igual que la típica casa de Queensland, la de Toni era una casa de dos pisos con terrazas envolventes que brindaban sombra y un espacio fresco al aire libre. Postes de madera ornamentados sostenían estas terrazas, con detalles intrincados como ménsulas decorativas o balaustres torneados. Construida con madera, la casa exhibía los tonos cálidos y naturales del material. El exterior estaba pintado en colores clásicos, blanco y un crema claro, que Danny podía distinguir incluso con la luz del sol de la mañana.

Del mismo modo que todas las casas de Queensland, la casa tenía un techo inclinado y de gran altura hecho de metal corrugado, con algunos frontones y ventanas abuhardilladas incorporadas, lo que agregaba mayor interés arquitectónico a la línea del techo.

La casa tenía las típicas puertas francesas grandes que se abrían hacia las terrazas, lo que permitía una abundante luz natural y ventilación. Las ventanas de guillotina con marcos de madera añadían un toque más clásico a la fachada de la casa.

Por último, ¿qué casa de Queensland no tiene exuberantes jardines tropicales con flores vibrantes, palmeras y otras plantas? Estos jardines complementan la belleza natural del diseño de Queensland y contribuyen al ambiente tropical general.

"Toni, sé que estamos en Nueva Gales del Sur, pero has logrado una combinación armoniosa de practicidad, detalles ornamentales y una conexión con el paisaje circundante en tu hogar que es a la vez funcional y estéticamente agradable. Estoy impresionado. ¿Lo diseñaste tú?".

"No, no. Contraté a alguien para que hiciera el exterior y a un paisajista profesional para que hiciera el jardín. Un diseñador de interiores me ayudó con parte del interior. Vamos, déjame prepararte el desayuno".

Danny sale del coche, da la vuelta para abrir la puerta del lado de Toni y camina hacia la puerta principal. Cuando Danny se queda en la puerta de Toni, su sonrisa tentadora y la perspectiva del aroma a café recién hecho y tocino chisporroteante saliendo de su cocina, lo tentaron. Sin embargo, una inesperada ola de incertidumbre lo detuvo. Habían compartido una noche de aventuras junto al lago y, aunque se había generado una conexión entre ellos, la luz del día trajo consigo el peso del mundo real. Danny no podía quitarse de la cabeza la idea de que tal vez esto fuera solo un momento fugaz, una escapada espontánea destinada a permanecer dentro de los confines de esa noche mágica.

Danny no quería moverse demasiado rápido después del desastre con Alessia. Reflexionó sobre las implicaciones de aceptar la invitación de Toni a desayunar. ¿Significaría un compromiso por parte de Toni? ¿O era simplemente un gesto amistoso? La perspectiva de enfrentarse a la luz de la mañana y a la realidad más allá de la noche encantadora lo hizo dudar, su mente luchando con el equilibrio entre el deseo de prolongar su conexión y el miedo de complicar potencialmente un hermoso, aunque breve, momento en el tiempo. En ese momento de vacilación, los pensamientos de Danny se aceleraron, inseguro de si entrar en la cocina de Toni significaba entrar en algo más profundo o arriesgar la delicadeza de los recuerdos que acababan de crear. Fue lentamente.

"Toni, no voy a desayunar, pero me encantaría que lo dejáramos para otra ocasión. Estoy cansado del viaje hasta aquí desde Northport. ¿Te importa?".

La radiante sonrisa de Toni vaciló levemente cuando Danny dudó en la puerta; su respuesta fue más prudente de lo que ella esperaba. Había imaginado una continuación de la espontaneidad de la noche, una extensión de la conexión que habían forjado junto al lago. Sin embargo, cuando Danny pidió que dejaran el desayuno para otra ocasión, los ojos de Toni parpadearon con una mezcla de sorpresa y leve decepción.

En ese momento, Toni se preguntó si tal vez había malinterpretado la situación. ¿Su invitación, que a ella le parecía un gesto casual y amistoso, le había parecido diferente a Danny? Su mente se apresuró a analizar los acontecimientos de la noche, preguntándose si había apresurado las cosas sin querer o había malinterpretado la profundidad de su conexión. Toni, conocida por su naturaleza abierta y despreocupada, reevaluó si había creado inadvertidamente una expectativa que Danny no estaba preparado para cumplir. La ambigüedad flotaba en el aire mientras procesaba su respuesta, tratando de descifrar si era una cuestión de tiempo o una señal de vacilación por parte de Danny.

"Por supuesto, Danny, lo entiendo. Lo dejaremos para otra ocasión".

Mientras aceptaba con gracia su invitación, Toni enmascaró sus preguntas internas con una sonrisa tranquilizadora, respetando los límites que Danny tal vez hubiera necesitado establecer.

En ese momento Toni coloca la llave en la puerta y la cierra suavemente frente a Danny murmurando un suave "buenas noches" y Dany regresa al auto.

En ese momento, el puente entre sus mundos pareció moverse, dejando lugar para una exploración más deliberada de lo que les esperaba. Lo que no sabían es que ese momento marcaría el comienzo de un nuevo capítulo en sus vidas.

Capítulo 14

Inicio Whitham

El estridente tono de llamada atravesó el aire, interrumpiendo momentáneamente el sueño de Danny. Rápidamente tomó su teléfono móvil, la fuente del intrusivo sonido. Cuando miró la pantalla, la brillante pantalla reveló la hora: 11:40 a.m. Sin embargo, lo que más le llamó la atención fue el identificador de llamadas que decía: "Hair Man".

Danny respondió a la llamada. Nunca sabía qué esperar cuando Albert llamaba. Respondió con voz tranquila y serena: "Hola Albert. Sé por qué llamas. No te asustes".

Al otro lado de la línea, la voz de Albert temblaba de histeria. Sus palabras salían frenéticamente, cargadas de urgencia y ansiedad. El contraste entre la tranquilidad de Danny y el estado de angustia de Albert, creaba una atmósfera tensa.

"Danny, cariño, no me llamaste. Pensé que te había pasado algo terrible. ¿Estás bien?".

Danny mantuvo su actitud tranquila, dispuesto a abordar cualquier situación que hubiera provocado el frenético llamado de Albert.

"Albert, lo siento mucho. Me olvidé de devolverte la llamada. Pasé una velada maravillosa, pero era tarde por la noche y todavía estaba durmiendo cuando llamaste".

"¿Dormido casi al mediodía? Danny, ¿estás solo?".

"Sí, Albert, estoy solo. ¿Quién crees que soy?".

"Oh, ya sé quién eres, Danny. Por eso te hice la pregunta. Cuéntamelo todo. ¿Qué pasó anoche que te ha hecho tardar tanto en llamar a tu mejor amigo del mundo?".

Danny pensó en ello. Si respondía a la pregunta de Albert, estaría al teléfono durante una hora o más y ahora tenía hambre, así que decidió que tendría que posponer una vez más la conversación con su viejo amigo.

"Albert, mira, no he desayunado y tengo hambre. Déjame comer algo y te prometo que te llamaré más tarde".

"Danny, si no puedes llamarme, tomaré mi coche y rugiré hacia Bahía de Cristal para encontrarte".

"Albert, te prometo que no te fallaré. Ahora déjame colgar y te llamaré cuando termine de conseguir algo de comer".

"Está bien, cariño, esperaré tu llamada. Necesitamos hablar porque ya pasaron algunas semanas desde que te fuiste, ¿de acuerdo? ¡Ciao!".

Danny se levanta rápidamente, se afeita, se ducha, se viste y sale por la puerta principal a buscar algo de comer.

Mientras lo hace, se da cuenta de que Abe está entrando en la Suite Sea Breeze. Pensé que Abe estaba en la habitación Nautical Nook, pensó Danny.

"Buenos días, Abe".

Abe, sorprendido, se da la vuelta y responde rápidamente a Danny.

"Hola, Danny. Pensé que ya habías salido".

"¿Por qué vas a la Suite Sea Breeze? Pensé que te quedarías en la habitación Nautical Nook, ¿o te escuché mal anoche?".

Abe, un poco avergonzado, sonrió y dijo: "Supongo que me estoy haciendo viejo, Danny. No recuerdo hacia dónde voy". Miró la placa que había en la puerta: Sea Breeze Suite, y la señaló.

"Ahora bien, ¿cómo pude haber estado tan equivocado? Me alegro de que me detengas. Existe la posibilidad de que haya roto la cerradura de la puerta o algo así. En el futuro, debo tener más cuidado con lo que me rodea. Gracias, Danny", y se dirige a su propia habitación, señalando las placas con los nombres de las otras habitaciones en el piso mientras llega a su habitación.

Abe introduce la llave, abre la puerta, le sonríe a Danny, le hace un gesto con la mano y cierra la puerta detrás de él.

Danny caminó hacia las escaleras y tomó nota mentalmente del plano del piso. Cuando subes las escaleras a la derecha se encuentra la habitación Coral Cove, ocupada por la Sra. Lititz Carter, luego la Nautical Nook, la habitación de Abe y luego la Sea Breeze Suite, que comparten el Sr. Aloysius y la Sra. Evelyn Maxwell.

A la izquierda se encuentra la habitación del señor Homer Whitham en el Lighthouse Loft. La habitación Driftwood Den estaba al lado y Danny no estaba seguro de si estaba ocupada o no. Después se encuentra el Mermaid's Retreat, donde se alojan Jim y Sally Wentworth.

Finalmente, al final del pasillo se encuentra el Captain's Quarters, la suite de Danny.

De pie en lo alto de las escaleras, Danny se pregunta cómo pudo Abe haber confundido las habitaciones, pues están claramente señalizadas y no parecía senil durante su conversación vespertina de la otra noche. Tal vez sea solo un lapsus mental, pensó Danny y continuó bajando las escaleras hacia el restaurante.

Cuando Danny llegó al restaurante, Gertie lo saludó: "Hola Danny, ¿listo para el almuerzo?".

"En realidad, Gertie, ¿es demasiado tarde para desayunar? Parece que me he quedado dormido".

"Normalmente no hacemos eso, pero somos muy serviciales y estoy segura de que Samuel te preparará algo de desayunar. Sígueme, por favor", dice Gertie mientras lleva a Danny a una mesa junto a la ventana.

Mientras entran, Danny se da cuenta de que solo hay otras dos mesas con clientes sentados. Una está al lado del señor Aloysius y la señora Evelyn Maxwell y junto a ellos está el señor Homer Witham, que está conversando con ellos. Al ver entrar a Danny, todos detienen su conversación, le sonríen a Danny cuando pasa y luego continúan con su charla, pero en un tono mucho más suave.

"¿Esta mesa está bien para ti, Danny?".

"Sí, por supuesto. Está bien. Es un lugar perfecto".

"Entonces, ¿qué desayuno puedo pedirle a Samuel que te prepare?".

Danny no tardó mucho en responder, pues sabía lo que quería.

"¿Me atrevo a pedir tostadas francesas con sirope de arce, mantequilla y un capuchino fuerte?".

"¿Eso es todo?".

"Sí, ¿por qué? ¿Estoy pidiendo demasiado?", preguntó Danny.

"Claro que no. Pensaba que ibas a pedir algo realmente exótico para desayunar, como un calamar".

Danny hizo una mueca divertida y simplemente tuvo que preguntar.

"¿Alguien ha pedido eso? ¿Calamares fritos?".

"No, pero una vez una pareja tailandesa nos pidió hojas de mango rellenas de arroz, pasta de pescado y escarabajos fritos para desayunar, así que ahora estamos preparados para cualquier sorpresa. Tostadas francesas con sirope de arce y mantequilla y un capuchino bien cargado".

Mientras Gertie fue a la cocina a hacer su pedido, a Danny se le ocurrió una idea.

En su conversación con Abe anoche, recuerda que Abe dijo que su habitación estaba frente a la de Jim y Sally Wentworth, pero no es así. La habitación de Abe está hacia la de Danny. La habitación de Abe está al otro lado de Driftwood Den. No hay forma de que Abe pudiera escuchar las aventuras de Jim y Sally Wentworth con Robert a menos que estuviera escuchando desde la puerta.

Danny pensó que debería preguntarle a Gertie cuando regresara si la habitación Driftwood Den estaba vacía o reservada para otra persona. En ese momento, alguien le toca el hombro y se da vuelta para ver al señor Homer Witham de pie junto a él.

"Hola. Me llamo Homer Witham. ¿Le importa si me siento con usted un momento?".

"Por supuesto, siéntese, señor Witham. Mi nombre es Danny Monk. Normalmente me llaman Danny".

"Un placer, Danny. Llámame Homer, por favor. Anoche vi que tuviste una conversación con el viejo Reynolds. Sí, creo que se llama así".

"Sí, me agarró del brazo y me invitó a cenar con él. Es un tipo agradable".

"Reynolds parece hacer muchas preguntas. ¿Parecía estar muy interesado en tu negocio, Danny?".

Fue una pregunta interesante la que hizo Witham, y Danny se tomó unos segundos para pensar en su respuesta mientras recordaba su conversación con Abe anoche.

"El señor Reynolds repasó un poco su historia y luego me pidió que compartiera la mía, lo cual hice. No vi ningún problema en hacerlo. ¿Por qué lo preguntas?".

Witham se sienta y parece pensar en cómo formular su respuesta a Danny.

"Por eso estaba hablando con los Maxwell. Reynolds los había reunido en los últimos días, igual que lo hizo conmigo, y les hizo muchas preguntas sobre inversiones, tamaño de cartera, asignación actual de activos, combinación de acciones, renta fija y algunas inversiones alternativas. Reynolds les preguntó si se sentían cómodos con su tolerancia al riesgo en general. Me sorprende que no haya hecho lo mismo contigo".

"Bueno, me dijo que vive de sus inversiones y adquisiciones, así que tal vez solo estaba tratando de aprender cómo mejorar sus ganancias. No parece perjudicial, ¿verdad?".

"Tal vez sí, tal vez no. No fue tanto la conversación, sino las cosas que rodearon la conversación".

"¿Qué quieres decir, Witham?".

"Reynolds me preguntaba si tenía joyas valiosas. Le preguntó lo mismo a los Maxwell. ¿Qué tiene eso que ver con las inversiones? ¿Te hizo esa pregunta a ti?".

Danny se estaba frustrando un poco con Witham, así que le hizo una pregunta directa: "Homer, ¿a qué te dedicas?".

Esa pregunta dejó a Witham desconcertado, y le tomó unos segundos recomponerse y responderle a Danny.

"Estoy jubilado. En el pasado, mi trabajo era como CCT".

"No sé qué es un CCT. ¿Qué significa?".

"Significa que soy un trader de criptomonedas certificado. Trabajé en los mercados de criptomonedas hasta el año pasado".

"No sé mucho sobre el comercio de criptomonedas. ¿Cuáles son los conceptos básicos? ¿Puedes darme una respuesta sencilla que, como profano en la materia, pueda entender?".

Witham mira a Danny como si le dijera por qué necesita saber esto, pero cedió y le da una explicación rápida: "Básicamente, esta moneda genera dinero. Hay tres estrategias básicas. La primera es invertir o comerciar, similar a las inversiones en el mercado de valores. Por ejemplo, al operar con criptomonedas, comienzas una posición larga comprando un activo, con la esperanza de que su preció suba, similar a las inversiones en el mercado de valores. En algún punto entre esos dos puntos, ganas dinero. La segunda es apostar y prestar. Eso significa que usas tus monedas para apostar o prestar a otros. Finalmente, puedes minar o ganar recompensas dentro del sistema blockchain".

"¿Dinero? ¿Dinero real?".

"Sí".

"¿Y Reynolds te preguntó sobre eso?".

"No, él me preguntaba constantemente si había invertido en cosas como cadenas de oro, relojes de oro, anillos de diamantes y cosas así. Lo mismo pasó con los Maxwell".

"¿Cómo reaccionaron el señor y la señora Maxwell a las preguntas de Reynolds?".

"Después de un rato, se mostraron aprensivos. Al principio, todo parecía una conversación normal, pero Reynolds siguió haciendo referencias al collar de la señora Maxwell, por ejemplo, y al reloj del señor Maxwell. Realmente, la conversación tomó un curso extraño. Básicamente, lo interrumpieron y él se fue a su propia mesa y luego tú llegaste anoche y él te agarró para que te sentaras con él, así que pensaron que te estaba atacando con sus preguntas".

Danny pensó en la conversación que había tenido con Abe la noche anterior y, una vez más, solo pudo recordar una conversación agradable. Abe no hizo ninguna de las preguntas que Witham le estaba diciendo.

"No sé qué decir, Homer. Abe simplemente no me hizo ninguna de estas preguntas y tampoco hablamos de inversiones".

Witham miró a Danny, se puso de pie y dijo: "Sólo vigílalo. No es lo que parece. Lo siento".

Danny no sabe por qué defendió a Abe en ese momento, pero le respondió a Witham con una respuesta tajante: "Ninguno de nosotros es quien parecemos proyectar, Homer. Todos usamos máscaras de algún tipo".

Witham simplemente asintió con la cabeza hacia Danny y salió del restaurante justo cuando Gertie le traía el desayuno a Danny.

"Parecía haberse ido enfadado. ¿Está todo bien? ¿No estaba contento con su almuerzo?".

"Estoy seguro de que todo está bien, Gertie. El señor Witham tenía curiosidad por algunas cosas y, al parecer, no quedó satisfecho con mis respuestas".

"Bueno, no le hagas caso. Disfruta del desayuno".

"Lo haré. Las tostadas francesas se ven fantásticas y el café está divino".

"Mira, te dije que Samuel cuidaría de ti".

"Lo hiciste, Gertie. En verdad lo hiciste".

Capítulo 15

Lititz Carter

Después de terminar el suntuoso desayuno preparado por Samuel, Danny regresó a su habitación para prepararse para el resto del día. No había hecho planes con Toni y, después de ese momento incómodo en la puerta de su casa, Danny no estaba seguro de si ella todavía quería verlo. Después de refrescarse, Danny regresó a la planta baja y fue a preguntarle a Gertie si había alguna información, folletos, etc., que pudiera recoger y ver si había algo que pudiera hacer durante el resto del día.

Cuando llega a la recepción, Gertie está ayudando a la viuda. La Sra. Lititz Carter y Danny no puede evitar escuchar la conversación.

"Le digo, señora Bailey, creo que un hombre revisó mi habitación y no fue el personal de limpieza", afirmó la señora Lititz Carter.

"Señora Lititz Carter, a excepción de Robert y del resto del equipo de limpieza, nadie puede entrar en la habitación de un huésped sin permiso. ¿Faltaba algo? ¿La habitación estaba desordenada de alguna manera?".

"No, no fue así. Sentí una presencia en la habitación, como si alguien que no debía estar allí hubiera entrado y deambulado por ella, tocando cosas, pero asegurándose cuidadosamente de que estuvieran en el mismo lugar donde las había encontrado".

"¿Dijo 'un hombre'?", ¿así que lo vio?".

"No, señora Bailey, simplemente parecía un hombre. Un hombre malvado, además. Estoy segura de que lo grabó en cámara cuando entró en mi habitación".

"Sólo tenemos cámaras de seguridad en el exterior de la posada, Sra. Carter, no dentro de la posada ni en el pasillo que conduce a la habitación".

"Bueno, no estoy segura de lo que estoy sintiendo, pero sentí a alguien, y rara vez me equivoco con mis sentimientos, señora Bailey".

"Le diré a Samuel su preocupación y le pediré que se asegure nuevamente de que la puerta de su habitación esté cerrada con llave".

"Me sorprende que todavía tengan llaves de las habitaciones y no las cerraduras electrónicas que tienen la mayoría de los lugares, pero supongo que le quitaría encanto a la posada", dijo Carter.

Gertie se limitó a sonreír y no respondió, sino que asumió que la conversación con la Sra. Carter había terminado y dirigió su mirada y pregunta hacia Danny.

"Señor Monk, ¿en qué puedo ayudarte?".

La Sra. Carter se dio la vuelta y le dio a Danny una rápida mirada como si estuviera comprobando que era el potencial intruso en su habitación, pero satisfecha de que Danny pareciera inofensivo, simplemente le sonrió mientras se alejaba del mostrador de recepción y se dirigía hacia la puerta principal.

"Gertie, ¿está todo bien?".

"No hay problema, Danny. No podemos solucionarlo. La Sra. Carter parece pensar que había alguien en su habitación, pero no informó que faltara nada, así que todo está bien. ¿En qué puedo ayudarte?".

"Me preguntaba si tenías alguna sugerencia sobre cómo pasar el resto del día".

Gertie le da la espalda a Danny, abre la puerta del mostrador, mete la mano y saca un folleto y se lo entrega a Danny.

"Aquí, Danny, hay un folleto de nuestro sendero más cercano. Aunque el sendero es fácil de seguir, el terreno es accidentado, por lo que recomiendo que lleves botas o zapatos de senderismo porque algunas de las rocas irregulares pueden destrozar a los corredores a lo largo del camino. El sendero conduce a una vista maravillosa a unos cuatro kilómetros del estacionamiento y vale la pena el esfuerzo".

"No traje botas ni zapatos para hacer senderismo. ¿Me recomiendas algún lugar en Bahía de Cristal?".

"No, aquí no tenemos ningún lugar que tenga esos artículos, pero puedes ir en coche hasta Byron Bay, que está a solo veinte minutos. Creo que se llama 'Marty's Camping & Disposals'. Está ahí desde hace años. Me han dicho que tienen una selección excelente".

"Fantástico. Creo que eso es lo que haré". Danny se guardó el folleto en el bolsillo trasero y le dijo a Gertie: "Gracias por el folleto y la sugerencia, Gertie".

"Un placer, Danny".

Gertie llama a Danny mientras se dirige a la puerta principal: "¿No te reunirás con Toni hoy?".

Sorprendido por la declaración, Danny regresa al mostrador de recepción.

"No, anoche nos lo pasamos muy bien, pero no hicimos planes. Creo que hoy y mañana no tiene trabajo. Pensé que podríamos reunirnos, pero no le pregunté. ¿Puedo preguntarte cómo supiste que habíamos pasado tiempo juntos, Gertie?".

"Pueblo pequeño Danny, pueblo pequeño".

Danny entendió lo que Gertie quería decir con esa declaración.

Viviendo en Northport, a Albert no se le pasaba mucho por alto, así que ¿por qué no iba a ser lo mismo en Bahía de Cristal?

Mientras Danny caminaba hacia su coche, sintió que el sol del mediodía picaba un poco, por lo que decidió no bajar la capota y, después de consultar su GPS y marcar el nombre del lugar de senderismo, se dirigió hacia Byron Bay.

El viaje transcurrió sin incidentes y el GPS logró localizar la tienda. Danny aparcó y entró en el lugar, donde descubrió que era una interesante combinación de almacén de desechos moderno y antiguo.

Cuando Danny cruzó la puerta de madera que crujía, el aroma a cuero viejo y lona recién tratada le dio la bienvenida. La tienda parecía ser un refugio para aquellos que buscaban una conexión nostálgica con la naturaleza. Los estantes de madera, desgastados y marcados por el tiempo, exhiben con orgullo una colección ecléctica de equipos de acampada clásicos. Una estufa antigua, con su superficie pulida, reflejaba la luz parpadeante de las luces del te-cho, y Danny vio varias tazas de cerámica esmaltada atemporales y sacos de dormir con motivos retro que recordaban una época pasada.

"Buenas tardes, amigo, mi nombre es Jono, ¿en qué puedo ayudarte?", dijo el joven con acné en el rostro.

"Hola Jono, me dijeron que este era el lugar al que debía acudir si necesitaba botas de montaña. ¿Puedes ayudarme?".

"Sí. ¿Vas a hacer senderismo? ¿Vas a ir a algún lugar de montaña? ¿Necesitarás polainas?".

Danny solo sabía lo que significaba hacer senderismo. El resto era nuevo para él, así que metió la mano en el bolsillo trasero, le entregó el folleto al chico y le dijo: "Aquí es adonde me dirijo".

"Ah, amigo, necesitas un buen equipamiento. El nombre de esta ruta te hace sentir cómodo, pero es difícil y peligrosa si no estás preparado. No sé de dónde viene el nombre Cloud Nine Express, pero te recomiendo que pruebes las X Ultra 4 Mid GTX de Salomon. Son unas zapatillas de una calidad excepcional. Te irán genial en esta ruta. ¿Cuál es tu talla?".

Danny comparte su talla de zapato y va a sentarse mientras el chico con acné le trae el zapato para que se lo pruebe.

"Aquí tienes, amigo. Te quedará como un guante".

Danny toma la caja de manos de Jono y se prueba el zapato. Un pie le sienta bien. Danny se prueba el otro pie y camina por la tienda y sus pies se sienten como si flotaran en el aire. Cómodos, pero no apretados, ásperos pero suaves al mismo tiempo. Danny no tardó mucho en decidirse.

"Me los llevaré".

"¿No quieres saber cuánto cuestan?".

Desde que Albert hizo adquisiciones hace un año, su estrategia con el dinero ha sido gastarlo sabiamente y en calidad. Sabía que se trataba de un trabajo de calidad, pero para entretener al niño, le preguntó cuánto costaban sus zapatos.

"Cuestan 429 dólares".

"Genial, me los dejaré puestos y me dirigiré directamente al sendero desde aquí".

Jono miró a Danny con incredulidad. "¿Estás bromeando? ¿Vas a ir vestido así?".

"¿Qué hay de malo en mi forma de vestir?".

"No estás vestido para una caminata segura y adecuada, amigo. Necesitas, incluso con este clima agradable, una buena camisa ligera, transpirable y de manga larga para protegerte del sol. También necesitas pantalones que sean livianos y de secado rápido. Agrega un sombrero de ala ancha que te ofrecerá sombra y protegerá tu cara, cuello y orejas del sol".

Danny pensó en eso y se dio cuenta de que el niño tenía razón, pero antes de poder responderle, Jono continuó con su letanía de requisitos para ir de excursión.

"Por supuesto, necesitarás gafas de sol, que probablemente ya tengas, pero también necesitas un FPS alto para una máxima protección solar. Añade una buena chaqueta, unos calcetines de merino que absorban la humedad, guantes y repelente de insectos. Eso debería ser suficiente. ¿Los tienes contigo?".

Danny simplemente sacudió la cabeza de izquierda a derecha hacia el niño.

"Está bien. Déjame ir a buscarte todo esto para que puedas hacer una caminata apropiada. Siéntate aquí. Solo será un momento".

Diez minutos después, el chico regresó con todo lo que Danny necesitaría para "una caminata apropiada y segura en Australia" y Jono llevó a Danny al probador para que se pusiera la ropa. Diez minutos después, Danny salió luciendo como Steve Irwin con pantalones largos.

"Ahora estás listo para emprender el camino. Te hemos vestido como corresponde. Ven al frente y nos instalaremos".

Caminando hacia la caja registradora, Danny lleva su ropa vieja en una bolsa y le entrega su tarjeta AMEX a Jono, quien levanta un poco las cejas al ver la tarjeta. La pasa por la terminal y se le ve una gran sonrisa cuando aparece la palabra "aprobada" en la terminal. Danny recupera su tarjeta, su recibo y camina hacia su auto. Un pensamiento le viene a la cabeza: ¿Cómo me vendió este chico todas estas cosas? Solo necesitaba unos zapatos.

Una rápida mirada a su reloj le dijo a Danny que tenía mucho tiempo para regresar a Bahía de Cristal, encontrar el sendero, caminar hasta el mirador, tomar algunas fotos y luego regresar a tiempo para cenar en la posada.

Mientras Danny marca la dirección del estacionamiento para el sendero, su mente va en una dirección diferente.

¿La Sra. Carter estaba imaginando cosas o realmente alguien entró en su habitación?

Capítulo 16

El Camino del Cloud Nine Express

Después de ingresar las instrucciones para llegar al sendero, Danny pensó en lo que Jono dijo sobre el sendero Cloud Nine Express.

Danny no era un entusiasta de las actividades al aire libre ni de la aventura. Nunca había oído hablar del sendero Cloud Nine Express hasta que Gertie le mostró el folleto, por lo que su expectativa por lo que le esperaba era mínima; sin embargo, Jono le había vendido un montón de equipo moderno que, según él, satisfaría con creces las necesidades de este sendero.

El camino hasta el punto de partida estuvo repleto de vistas panorámicas, caminos sinuosos y la emoción de lo que le esperaba. A medida que se acercaba al estacionamiento de Cloud Nine Express, no pudo evitar maravillarse ante la belleza circundante de los bosques densos y picos imponentes.

Treinta y cinco minutos después, llegó al estacionamiento del Cloud Nine Express y encontró alrededor de una docena de vehículos de todo tipo estacionados, pero Danny no vio a ninguno de los conductores, por lo que asumió que ya estaban en el camino.

Con su mochila llena de artículos esenciales, su nuevo par de resistentes botas de montaña y el resto de las cosas que Jono le ven-dió, Danny se pone en camino.

Al llegar al comienzo del sendero, la emoción de Danny rápidamente se convirtió en confusión. El cartel de la entrada indicaba que ese era el punto de partida del Cloud Nine Express, pero lo que tenía ante sí no coincidía con las grandes expectativas que había creado en su mente ni con las fotos del folleto. El punto de partida parecía conducir a un camino que se parecía a cualquier cosa menos a una ruta "exprés".

Lo más probable es que este "exprés" fuera un lento y agonizante recorrido a través de un laberinto interminable de rocas, árboles caídos y traicioneras laderas de pedregal. Danny dudó un momento, pensando si había tomado la decisión equivocada al intentar hacer esta caminata o si había entendido mal las descripciones que había leído en el folleto. Comprobó el folleto con su propio mapa del Cloud Nine Express y confirmó que estaba en el lugar correcto.

Danny no se dejó intimidar por la inesperada aparición del sendero y decidió intentarlo. Después de todo, había gastado una buena cantidad de dinero en su ropa y sus botas de montaña, así que se apuntó al sendero.

Comenzó el ascenso de Danny. El terreno accidentado exigía una navegación cautelosa a cada paso. Parecía que el sendero serpenteaba entre una espesa vegetación, revelando de vez en cuando vistas impresionantes, lo que hacía que el esfuerzo valiera aún más la pena.

El nombre "Cloud Nine Express Trail" era un nombre lúdico e inapropiado. Lejos de ser un viaje rápido y fácil, el sendero estaba a la altura de la descripción dura y peligrosa de Jono. El nombre ni siquiera se acercaba a lo que Danny estaba viendo a medida que avanzaba en el sendero. Se trataba de una naturaleza salvaje, agreste e indómita. Danny tuvo que enfrentarse a pendientes pronunciadas, sorteando afloramientos rocosos y maniobrando a través de matorrales densos.

A medida que avanzaba, Danny se encontró con otros excursionistas que venían en dirección contraria y que compartían una mezcla de diversión y cansancio. El grupo se detuvo, se presentó a Danny y formó una camaradería improvisada, ofreciéndose ánimos y compartiendo historias de sus experiencias al subir por el mal llamado sendero. A pesar de los desafíos, la belleza del paisaje y la sensación de logro que valía la pena, fue el tema común de este grupo y alimentó la determinación de Danny de llegar a la cima.

Pasaron las horas y el paisaje se transformó a su alrededor. El lento avance a través de los obstáculos se sintió como una prueba de resiliencia y habilidad. El sendero, aunque no era lo que esperaba, resultó ser una aventura gratificante, que resaltaba la belleza cruda e intacta de la naturaleza.

Finalmente, después de un ascenso exigente, Danny alcanzó la cima. Las vistas panorámicas desde el Cloud Nine Express Trail eran impresionantes y se extendían hasta donde alcanzaba la vista. Una profunda sensación de satisfacción reemplazó la confusión y el escepticismo iniciales. Danny se dio cuenta de que el nombre inapropiado del sendero era un juego inteligente con las expectativas, que invitaba a los aventureros a aceptar los desafíos y encontrar alegría en el viaje en sí.

Mientras se encontraba en la cima, rodeado de la belleza de la naturaleza salvaje, Danny no pudo evitar apreciar los giros inesperados que lo habían llevado a este impresionante destino. El Cloud Nine Express puede que no haya sido la ruta rápida que había imaginado, pero se había convertido en un capítulo inolvidable en su viaje a Bahía de Cristal, que le dejará recuerdos para atesorar e historias para compartir.

El viento agitaba el pelo de Danny con furia mientras se apoyaba contra la barandilla desvencijada y desgastada del mirador. Abajo, el mundo se desplegaba en un tapiz impresionante de valles esmeralda. Mientras se apoyaba contra la barandilla desvencijada y desgastada,

Danny pensó en construir una cabaña junto al arroyo. Sin embargo, un zumbido estridente que vibraba en su bolsillo interrumpió abruptamente sus pensamientos. Sorprendido de poder tener cobertura tan lejos en el desierto, miró su teléfono y no reconoció el número, así que respondió: "Hola".

"¿Danny? ¿Eres tú?".

La voz del otro lado le provocó un escalofrío. Era inconfundible, una suave mezcla de miel y humo que lo había perseguido desde que la conoció.

"¿Toni? ¿Toni Webster?".

Una risita se escuchó en la línea. "La única e inigualable. No esperaba encontrarme contigo en la cima del Cloud Nine Express Trail, la recepción del teléfono debe ser buena allí. ¿Estás junto a la vieja barandilla mirando hacia abajo?".

Una sonrisa se dibujó en el rostro de Danny, teñida de incredulidad. Toni lo estaba llamando. ¿Cómo había conseguido su número? Él nunca se lo había dado.

"¿Cómo conseguiste mi número, Toni? No recuerdo que te lo haya dado".

Con otra leve risa, Toni simplemente dijo: "Tengo mis fuentes".

Antes de que tuviera tiempo de insistir más en la cuestión del número de teléfono, Toni le preguntó rápidamente a Danny: "¿No pensaste en decirme que te embarcarías en una peregrinación tan... pintoresca?", bromeó Toni.

"Danny, la vista debe ser increíble. Cuéntamela. Hazme un retrato con tus palabras".

Durante la hora siguiente, el mundo que rodeaba a Danny se desvaneció. Ya no estaba en un mirador destartalado; estaba tejiendo un tapiz de palabras para recrear la escena para Toni, su voz pintando las profundidades color esmeralda del valle, el destello de la luz del sol en el arroyo de abajo, el susurro del viento entre los árboles.

Mientras el sol se alejaba por el horizonte, iluminando el paisaje con un resplandor ardiente, Danny le dice a Toni que es mejor que regrese antes de que oscurezca demasiado. Toni suspiró. "Sabes, Danny, tienes un don con las palabras. Haces que una roca suene poética".

Una risa agridulce escapó de sus labios. "Y tú, Toni, tienes el poder de convertir una caminata solitaria en un placer inesperado con solo llamarme. Bueno, eres tú quien me inspira. Entonces, ¿cuál es tu plan para la cena?".

"Nada. Esta noche me quedo en casa".

"¿Qué tal si te invito a cenar a algún lugar?".

Se produce un momento de silencio y luego Toni dice: "¿Qué tal si traes un poco de vino y te cocino algo? ¿Te gusta el pescado?".

"Sí, me gusta", responde Danny.

"Genial, ¿nos vemos a las 8 pm entonces?".

"Voy a estar allí".

"Hasta pronto Danny, adiós", y Toni cuelga el teléfono y Danny se toma un momento para agregar el número de Toni a su libreta de direcciones.

Sonrió y el sol poniente le tiñó el rostro de dorado. No sabía qué le esperaba esa noche, pero la llamada de Toni había despertado un destello de esperanza, un susurro de una melodía que no se había atrevido a recordar desde Alessia.

Y cuando se volvió hacia la impresionante vista por última vez, el viento trajo un susurro de un aroma familiar, un recordatorio de que algunas sorpresas, como la vista desde el Cloud Nine Express Trail, pueden convertir incluso el sendero más difícil en un viaje de redescubrimiento.

Echando un vistazo a su reloj, marchó por el sendero para regresar y prepararse para su cita para cenar con Toni.

Capítulo 17

Un Aroma y un Pétalo

Mientras Danny regresaba al Poplar Inn para prepararse para la cena con Toni, notó que el sol se ocultaba en el horizonte y proyectaba largas sombras sobre las calles de Bahía de Cristal. Danny se acordó de pasar por la tienda IGA local y compró una botella de Penfolds Bin 28 Shiraz.

Al acercarse a la posada, el cálido resplandor de la misma lo invitó a entrar. Cuando Danny abrió la puerta principal, el familiar aroma de madera pulida y el murmullo de una animada conversación proveniente del restaurante de la posada lo recibieron. Danny subió las escaleras hasta su habitación, ansioso por refrescarse antes de la noche.

Al abrir la puerta y entrar, no pudo evitar la sensación de que algo no iba bien. Todo estaba en su sitio. Su maleta estaba perfectamente guardada, la ropa colgada en el armario y los artículos de aseo dispuestos en la cómoda. Sin embargo, una tensión inexplicable flotaba en el aire.

Danny frunció el ceño, con sus instintos en alerta máxima. Se tomó un momento para examinar la habitación, buscando cualquier pista sutil que pudiera explicar su inquietud. Las cortinas se balanceaban suavemente, atrapadas por la brisa vespertina que entraba por la ventana ligeramente abierta. Sus ojos se entrecerraron al notar un ligero aroma, un perfume sutil que no pertenecía a la habitación, pero que Danny había experimentado antes. Danny no estaba seguro de dónde, pero estaba seguro de que había experimentado ese aroma antes.

Se adentró más en la habitación; sus sentidos estaban afinados. Nada parecía estar fuera de lugar, pero un hilo invisible de con-ciencia le picaba en la nuca. La colcha estaba intacta y la habitación carecía de cualquier signo evidente de intrusión.

Un suave susurro atrajo su atención en un rincón de la habitación. Los ojos de Danny se centraron en un solo pétalo, delicadamente caído de un ramo que adornaba el alféizar de la ventana. Recordó las flores cuando se registró en la habitación. Danny también recordó que nunca se acercó ni siquiera a inspeccionar el ramo en su primer día en la posada.

Al examinar el pétalo más de cerca, descubrió una pequeña mancha. Extendió la mano para cogerlo, lo recogió y sintió la mancha. Era suave y fluida, con una consistencia ligera. Era como si alguien se hubiera acercado al ramo y se hubiera inclinado para olerlo, y su cara se hubiera frotado contra los pétalos y estos se hubieran desprendido y caído.

Un escalofrío le recorrió la espalda mientras consideraba las posibilidades. ¿Quién podría haber entrado en su habitación? ¿Y por qué? La atmósfera parecía cargada de un misterio silencioso, como un rompecabezas esperando a ser descifrado.

Danny se sacudió esa extraña sensación y se concentró en prepararse para la cena con Toni. No podía permitir que esas sutiles perturbaciones lo distrajeran de la velada que le esperaba. Danny colocó el pétalo en el cajón de su mesita de noche y decidió que le contaría a Gertie lo que sentía por la mañana. Sin embargo, cuando cerró la puerta detrás de él, no pudo quitarse de encima la sensación de que las sombras de su habitación guardaban secretos que esperaban ser revelados.

Capítulo 18

Abriéndose a Toni

El sol se ocultaba en el horizonte y proyectaba largas sombras sobre las tranquilas calles suburbanas de Bahía de Cristal mientras Danny se dirigía a la casa de Toni. El suave zumbido del motor del coche era el único sonido que rompía la tranquila atmósfera de la noche. Mientras conducía, su mente se remontaba a la última vez que había dejado a Toni en la puerta de su casa.

Fue justo después de haber pasado toda la tarde en el lago y haber hablado toda la noche. Danny y Toni habían pasado la noche juntos, riendo y compartiendo historias, su conexión se hacía más fuerte con cada momento que pasaba. Cuando llegaron a la casa de Toni, ella se volvió hacia Danny con una cálida sonrisa y lo invitó a desayunar.

Danny dudó. Los ecos de la decepción de su pasado reciente con Alessia todavía rondaban su mente. Se habían precipitado, habían actuado demasiado rápido y todo terminó en desamor. Danny no quería volver a cometer el mismo error. Sus sentimientos por Toni eran genuinos y no quería poner en peligro su amistad apresurándose.

Mientras se alejaba de su casa esa noche, Danny no podía quitarse de la cabeza la sensación de que tal vez había dejado escapar una oportunidad. Quería mucho a Toni y temía que su vacilación pudiera haberle transmitido el mensaje equivocado.

Ahora, horas después, Danny conducía de regreso a la casa de Toni con una mezcla de emoción y temor. No podía evitar preguntarse si era el momento de revivir ese momento de vacilación. Era el momento de arriesgarse y dejar entrar a Toni, permitiendo que su relación creciera más allá de los límites de la amistad.

Danny aparcó el coche delante de la casa de Toni y respiró hondo. Los recuerdos de aquella noche persistían en su mente, pero esta vez estaba decidido a no dejar que el miedo dictara sus acciones. Mientras se acercaba a la puerta de Toni, no pudo evitar desear que aquella noche fuera el principio de algo hermoso, un capítulo en el que él y Toni pudieran explorar las profundidades de su conexión sin las sombras de las decepciones pasadas que se cernían sobre ellos.

Cruza los dedos y será mejor que no arruines esto, pensó Danny mientras caminaba hacia la puerta de Toni.

Danny respiró profundamente antes de tocar el timbre de la puerta de Toni, con los nervios al límite de la expectación. Momentos después, la puerta se abrió y dejó al descubierto la radiante sonrisa de Toni.

"¡Danny!" exclamó, con los ojos iluminados. "¡Estoy tan contenta de que estés aquí!".

No pudo evitar devolverle la sonrisa, sintiendo una sensación de calidez que sólo Toni podía evocar. Antes de que pudiera decir una palabra, Toni se puso de puntillas y le dio un beso grande y amistoso en la mejilla.

"¡Entra!", lo invitó, dando un paso atrás para dejarlo entrar.

Cuando Danny entró, no pudo evitar notar el aroma acogedor que flotaba en el aire. El ambiente cálido de la casa de Toni lo abrazó como un viejo amigo. Ella lo condujo a través de la sala de estar hasta la cocina, donde vio la mesa del comedor bellamente puesta.

Toni hizo un gesto hacia la mesa con una sonrisa orgullosa.

"¿Qué tal si cenamos aquí, tomamos un café en el patio y después decidimos dónde tomamos el postre? ¿Qué te parece? El clima es simplemente perfecto esta noche".

Toni tomó la botella de Penfolds y señaló un cómodo patio al aire libre con una zona de estar increíblemente grande. "Siéntate, Danny. Volveré enseguida con algo especial".

Siguiendo su ejemplo, Danny atravesó las puertas corredizas de vidrio y entró en el patio trasero de Toni. El suave resplandor de las luces de cadena en el techo creaba una atmósfera mágica y llenaba el aire con los suaves sonidos de la noche.

Mientras se acomodaba en la silla, Danny contempló el sereno ambiente. Toni regresó momentos después, con la botella de vino abierta y dos copas. Sirvió una generosa cantidad en cada vaso, con los ojos brillantes de emoción.

"Que tengamos una maravillosa cena y una agradable velada juntos", brindó, chocando su copa contra la de Danny.

"Por nosotros", repitió, con una sonrisa genuina en sus labios.

Después de tomar un buen sorbo de vino, Toni se levantó, agarró la mano de Danny y le dijo: "Vamos, déjame mostrarte mi patio trasero".

Luego, Toni lo guió a través del patio trasero artísticamente decorado, deteniéndose en un estanque de koi que brillaba bajo la luz de la luna.

"¿No es hermoso? Trabajé mucho en esto. Bueno, ayudé al diseñador de paisajes y le indiqué al jardinero contratado dónde quería cada cosa, aun así, es mi jardín, nacido de mi imaginación", sus ojos reflejaban la admiración que sentía por su pequeño oasis.

"Realmente lo es Toni y sí, tómate el mérito. Es tu imaginación la que le dio vida", asintió Danny, apreciando la tranquilidad de la escena.

Después de su breve recorrido, Toni lo condujo de regreso al patio, donde se sentaron y continuaron disfrutando de su vino.

"Danny, ¿puedo hacerte una pregunta? Por favor, si no quieres responderla, dímelo y no te presionaré".

Esa declaración sorprendió a Danny, pero había estado pensando en el rumbo que podría tomar esta nueva relación. Fiel a su naturaleza, quería ser franco y honesto sobre sí mismo.

"Adelante, Toni, pregunta lo que quieras".

"El otro día, cuando me dejaste en casa después de haber pasado un rato tan agradable en el lago de Bahía de Cristal y te invité a desayunar, ¿por qué dudaste?".

Danny respiró profundamente y sintió el peso de las decisiones que había tomado en el pasado. Sostuvo la mirada de Toni y sus ojos revelaron una mezcla de vulnerabilidad y arrepentimiento.

"Toni, esa mañana temprano cuando me invitaste a desayunar… no se trataba de ti. Se trataba de mí y de mis propios miedos", admitió.

"Verás, antes de conocernos, yo tenía una relación con una mujer llamada Alessia. Las cosas iban bien, o eso creía yo, hasta que hice un gran movimiento. Le pedí que se casara conmigo".

Los ojos de Toni se abrieron con sorpresa y tomó la mano de Danny, ofreciéndole apoyo en silencio.

"Pero ella no dijo que sí", continuó Danny, con la voz teñida de tristeza. Eso fue hace más de nueve meses. En lugar de eso, se fue sin decir una palabra y no he sabido nada de ella desde entonces. Simplemente desapareció, dejándome con un montón de preguntas y un dolor que no sabía cómo afrontar".

Toni le apretó la mano con suavidad, ofreciéndole consuelo. "No lo sabía, Danny. Lamento que hayas tenido que pasar por eso".

Se las arregló para sonreír levemente, apreciando la empatía de Toni. "Fue un momento difícil. Mi mejor amigo Albert dijo que necesitaba olvidarme de ella, tomarme un tiempo libre del trabajo, y aquí estoy, en Bahía de Cristal. No estaba seguro de si estaba listo para abrirme a alguien nuevamente. Cuando me invitaste a entrar esa mañana, todos esos miedos e incertidumbres regresaron de golpe y dudé. No quería volver a cometer el mismo error y no quería hacerte daño".

Toni asintió, su mirada suave y con una sonrisa que demostraba que entendía.

"Gracias por compartir eso conmigo, Danny. Me imagino que fue difícil y aprecio tu honestidad".

Mientras estaban sentados en el silencio de la noche, Toni sintió que se formaba una conexión más profunda entre ellos. La vulnerabilidad de Danny había abierto una puerta a la comprensión y Toni sabía que estaban navegando juntos por las complejidades de su pasado.

"Estoy aquí para ti, Danny", susurró.

Danny sonrió, agradecido por la comprensión de Toni. El peso que había estado soportando parecía más ligero y la promesa de un nuevo comienzo flotaba en el aire.

"Y me alegro de que podamos hablar de estas cosas. Es un nuevo comienzo para los dos y podemos ir paso a paso y tan rápido o lento como quieras. Compartir mis sentimientos más profundos contigo me ha ayudado a entender cómo me siento. Toni, espero que lo entiendas".

"Danny, lo entiendo. Gracias por abrirme la puerta. Bien, te prometí una buena cena. ¿Qué te parece si entramos y me ayudas a terminar de cocinarla?".

Con esa declaración, Toni volvió a tomar a Danny de la mano y lo condujo al interior.

Cuando entraron a la casa, Danny sintió que se le quitaba un peso de encima y supo que ahora estaba listo para continuar su conversación, permitiendo que la noche se desarrollara y que su conexión se fortaleciera con cada momento compartido.

Capítulo 19

Un Momento Mejor

Un aroma impregna la cocina con la deliciosa fragancia de hierbas y especias mientras Toni y Danny preparan la cena. Llenaron la encimera con verduras y hierbas frescas mientras el hermoso pez espada yacía sobre la tabla de cortar.

Mientras batía la marinada, Toni preguntó: "Danny, dime qué hiciste hoy".

Danny sonrió mientras cortaba las zanahorias para la cena de esta noche.

"Después de nuestra larga noche, dormí hasta tarde y desayuné tostadas francesas que Samuel me preparó para el almuerzo…"

"¿Samuel te preparó tostadas francesas para el almuerzo?".

"Sí, lo hizo y estaba delicioso. Después le pregunté a Gertie qué actividades me recomendaría hacer y me dio un folleto del sendero Cloud Nine Express y me sugirió que consiguiera el equipo adecuado para el sendero en Byron Bay, que es adonde me dirigí, y gasté unos dólares en botas de montaña y otros artículos que el joven de la tienda me convenció que necesitaba. Tenía razón. Necesitaba todo eso".

"Entonces, mientras disfrutaba de la vista desde el mirador, escuché una maravillosa voz en mi teléfono móvil que me invitaba a cenar. No sabía que tendría que trabajar para conseguirlo".

"No seas un bebé", dijo Toni sonriendo. "Hay algo terapéutico en preparar una comida juntos".

"Por supuesto. Especialmente cuando acompañas el trabajo con un buen vino. Entonces, ¿cuál es el ingrediente secreto para nuestro adobo de pez espada de esta noche?".

"Bueno, pensé que podríamos optar por una marinada cítrica con limón, lima y un toque de ralladura de naranja. Le dará al pescado un toque refrescante".

"Suena perfecto. Me fijé en tu pequeño jardín de hierbas. ¿Necesitas algo de allí?".

"Buena idea. Estaba pensando en romero fresco. Le dará un agradable sabor a tierra. También estoy pensando en verduras asadas con un glaseado balsámico. ¿Qué te parece?".

"Tú eres la chef Toni, pero me encanta esa idea. El dulzor del balsámico complementaría los sabores salados del pescado".

Siguieron trabajando juntos sin problemas: Toni marinaba el pez espada rojo mientras Danny seguía cortando verduras para la guarnición. El sonido del chisporroteo y el picado llenaba el aire.

"Sabes, leí que cocinar juntos fortalece las relaciones", dijo Danny con una pequeña sonrisa.

"¿Es así? Bueno, estoy totalmente a favor de fortalecer nuestra relación, especialmente si eso implica comer algo delicioso, entendernos mejor y pasar más tiempo juntos".

"No te esfuerces para conseguir una botella o dos de vino", añadió Danny.

Toni y Danny comparten risas mientras siguen trabajando codo con codo, la calidez de la cocina y la alegría del esfuerzo compartido crean un ambiente acogedor y saborean el vino mientras trabajan.

"Sabes Danny, también leí que las parejas que cocinan juntas permanecen juntas".

Con una gran sonrisa, Danny respondió: "Bueno, en ese caso, estaremos aquí por largo tiempo".

Esta vez ambos se ríen fuerte, y Toni suelta un bufido que hace que ambos se rían aún más.

Mientras ultiman los detalles de la comida, llenan la cocina con el delicioso aroma del pez espada y las verduras asadas. Toni y Danny intercambian una mirada de satisfacción, orgullosos de su creación culinaria.

Llevan todos los platos a la mesa y comienzan a comer y a disfrutar las últimas gotas del vino.

"Danny, ¿quieres más vino?".

"Sí, por favor. ¿Qué tienes que combine bien con el pez espada?".

Toni se levanta, se dirige a su pequeña estantería de vinos y regresa con un Pinot Noir Reserva 2021 del Valle de Yarra.

"Por favor, déjame abrirla", dijo Danny mientras alcanzaba la botella.

Danny está impresionado.

"Toni, ¿compraste esta añada o te la recomendaron?".

"Me la recomendaron. ¿Por qué?".

Al abrir la botella y oler el corcho, Danny no pudo evitarlo y dijo: "Te das cuenta de que tiene un excelente color rojo granate con capas complejas y maravillosamente equilibradas de frutas frescas y secas y especias. Excelente elección para quien lo haya recomendado".

"Tú también sabes de vinos, Danny. ¿Eres un entendido en vinos?".

"No, me encanta beberlo".

A medida que avanzaba la cena, la suave luz de las velas bañaba la mesa mientras se sentaban uno frente al otro, disfrutando de la sinfonía de sabores y texturas que se extendía ante ellos. El ambiente era sereno y el aire se llenaba con el suave tintineo ocasional de los cubiertos.

"Este vino es exquisito", dijo Danny, tomando un sorbo. "Ahora, Toni, dime, ¿eres experta en vinos o te fías de recomendaciones?".

"Está bien, Danny, ya me has atrapado. Me gusta probar cosas nuevas. Es increíble cómo un vino excelente puede mejorar toda la experiencia gastronómica. ¿Y tú? ¿Tienes algún talento oculto que deba conocer?".

Danny pensó si debía compartir su talento para ganar puntos con Toni. Quería ser honesto, pero pensó que sería mejor esperar a un mejor momento.

"Me temo que mis talentos están más en el ámbito de la apreciación de los bibliófilos que en el de la creación. Aunque preparo un plato de copos de maíz buenísimo".

"¿Un buen plato de copos de maíz? Tengo una caja en algún lugar de la casa", dijo Toni con una risita. "Quizás puedas compartir tu receta secreta para prepararlos".

"Quizás. Pero sólo si me prometes que no revelarás mis secretos culinarios", dijo Danny con una gran sonrisa.

La conversación se detiene momentáneamente mientras saborean los últimos bocados de la comida. Una delicada danza de sabores se despliega en sus platos y, por un momento, las palabras pasan a un segundo plano ante la experiencia sensorial final.

"Tony, esa fue una comida magnífica. ¿No hay nada que no puedas crear?".

"Me dijeron que esta semana habrá un visitante en Bahía de Cristal que tiene una receta estupenda para servir Corn Flakes".

Ambos se ríen de esa afirmación.

"Sabes, Toni, siempre he creído que la belleza está en los detalles. Al igual que en la vida, no se trata solo de los grandes momentos, sino de los matices que hacen que cada día sea especial. Empezar el día con un bol de copos de maíz es una experiencia maravillosa".

"Danny, tienes una manera poética de ver las cosas. Es refrescante".

"Así la vida me parece más interesante. ¿Y tú, Toni? ¿Cuál es tu filosofía sobre las cosas triviales?".

Toni golpea su tenedor pensativamente y dice: "La vida es un mosaico de momentos. Cada uno contribuye al panorama general y nuestro trabajo es apreciar el arte en el caos".

"Maldita sea, eso es profundo, niña".

Una vez más, comparten risas.

Continúan conversando tranquilamente y explorando temas que van desde los viajes hasta la literatura. La velada transcurre con un ritmo fluido, el sutil intercambio de miradas y los matices de sus palabras crean una conexión que va más allá de la superficie.

Tomando su vaso y su botella de vino, Toni le dice a Danny que deje los platos, salgan al patio, disfruten de la brisa de la tarde y continúen su conversación.

Danny se ríe, toma su vaso y sigue a Toni hasta el patio. Mientras se acomodan, Danny le hace una pregunta que lleva tiempo dándole vueltas en la cabeza.

"Toni, quería preguntarte algo. ¿Has tenido alguna relación seria antes?".

Con una sonrisa y pasando el dedo por la copa de vino, dijo: "Bueno, ya sabes, las relaciones son un poco como las recetas. Algunas salen geniales y otras… no tanto".

Tratando de mantener el tono casual de la pregunta, Danny continúa, pero está de un humor más liviano.

"Me gusta esa analogía. Cuéntamelo todo. ¿Cómo es tu historia de relaciones?".

Bebiendo un sorbo, le respondió: "La verdad es que antes de ti no permití que nadie se me acercara demasiado. Siempre fui la eterna soltera, convencida de que estaba mejor sola".

Danny levantó una ceja y no lo pudo creer, pero no pudo evitar decir: "¿En serio? ¿Es difícil creer que exista alguien tan increíble como tú?".

"Las apariencias engañan, Danny. Siempre estuve ocupada con el trabajo, convencida de que mi independencia era mi punto fuerte. Pero entonces apareciste tú".

"Ah, el infame de mí", añadió, señalándose a sí mismo: "¿Qué fue lo que hizo que este tipo cambiara tu perspectiva? ¿Te das cuenta de que solo han pasado unos días desde que nos conocimos?".

Mirando a Danny a los ojos, Toni respondió a su pregunta: "Sí, lo sé, Danny, pero tú, querido, eres un punto de inflexión. Tu amabilidad, tu paciencia, la forma en que me entiendes sin palabras... me hizo darme cuenta de que, tal vez, ser vulnerable no es una debilidad. Esa noche en el lago hablamos mucho y compartimos mucho, y esta noche seguimos compartiendo. Esto es algo que nunca había hecho, no tan profundamente, con otro hombre".

"Bueno, me siento honrado de ser alguien con quien puedas conectarte, pero dime, ¿por qué mantuviste a todos a distancia antes?".

"Supongo que el miedo me abrumó. Tenía miedo de que me lastimaran, de perder mi sentido de identidad en otra persona. He visto demasiadas relaciones que fracasaron, ¿sabes? Pero contigo, todo se sintió diferente desde el principio".

Inclinándose más cerca de Toni y gentilmente, Danny dijo: "Diferente en el buen sentido, ¿espero?".

Toni asintió y dijo simplemente: "Diferente en el mejor sentido posible. Me hiciste darme cuenta de que encontrar a alguien especial puede suceder en las circunstancias más inusuales y que no tengo por qué renunciar al amor. Puede ser un añadido, una mejora".

Comparten un momento, el peso de la revelación de Toni aún flota en el aire. Los sutiles sonidos de la noche los rodean, como si su nueva comprensión del pasado del otro hiciera que su relación fuera más fácil de compartir.

"Toni, me quedaré aquí un par de semanas más. Espero que tú y yo podamos pasar más tiempo juntos, si te parece bien".

"Sí, me gustaría mucho".

"¿Sería demasiado pedir si pudieras tomarte un tiempo libre del trabajo para que podamos pasar más tiempo juntos?".

Toni reflexiona un momento sobre su pregunta, toma un sorbo y le da a Danny la respuesta que esperaba: "Sí, creo que podría pedir una semana libre, incluso con poca antelación".

"¿Eso supondrá un problema? No quiero que te sientas obligada. Sé que te estoy pidiendo demasiado y que estamos empezando una relación muy pronto. Estamos teniendo una relación, ¿no?".

"Danny, estoy segura de que no habrá ningún problema. Nuestra conexión está en sus primeras etapas, pero ya es bastante profunda. Quiero llevar nuestra relación al siguiente nivel solicitando una semana libre en la posada mañana. Confío en que Gertie y Samuel puedan manejar las cosas, ya que he estado entrenando a Milo como chef suplente y creo que está bien preparado para la tarea".

"Oh, creo que aún no lo he conocido".

"No, probablemente no. No sale a menudo de la cocina".

"¿Cómo te está yendo?".

"Como yo, él empezó desde abajo y aprendió rápido, pero, de todos modos, hay que empezar por algún lado, y ha hecho un trabajo increíble al aprender todo lo que le he enseñado durante su aprendizaje. Creo que está listo y ¿qué mejor razón podría haber? Me estás pidiendo que me tome unos días libres, he acumulado muchos desde que trabajo en la posada y es hora de que Milo salga de las sombras, se organice y se prepare para tomar el control si alguna vez decido irme".

"¿Y te vas?".

"No, todavía no. No tengo motivos para irme todavía".

Danny mira su reloj y comenta: "Mira, será mejor que me vaya a la posada. Déjame ayudarte con los platos y la limpieza y luego me iré".

"Dios mío, tienes razón, son las dos de la mañana. ¿Dónde se ha ido el tiempo?" dijo Toni, mirando su reloj.

"Déjame acompañarte hasta la puerta. Yo limpiaré. Puedo dormir hasta tarde". y Toni se levanta y toma la mano de Danny para acompañarlo hasta la puerta.

Cuando Toni abre la puerta principal y Danny se gira, ella le da un beso largo y apasionado y después dice: "Gracias por compartir tus miedos conmigo y dejarme entrar en tu vida, Danny".

Danny sonrió y solo respondió con un simple: "No, gracias por escuchar", se dio la vuelta y se dirigió hacia su auto mientras Toni cerraba suavemente la puerta

Capítulo 20

Nueva Esperanza

Mientras Danny conducía de regreso a la posada bajo el manto de la noche estrellada, no podía quitarse de encima el cálido resplandor que lo envolvía. Los caminos sinuosos reflejaban los giros y vueltas de las conversaciones que había compartido con Toni momentos antes.

Sus dedos golpeaban rítmicamente el volante, recordando los momentos en que habían expuesto sus almas, intercambiando historias de dolores y triunfos pasados. Cada revelación compartida aliviaba el peso de las emociones no expresadas y profundizaba su conexión.

El suave zumbido del motor proporcionó un fondo reconfortante para la comprensión de que la risa de Toni se había convertido en una melodía que se repetía en su mente. El camino que tenían por delante se extendía, reflejando las posibilidades que parecían desplegarse entre ellos. Su voz transmitía una tranquila confianza mientras expresaba su deseo de pasar más tiempo juntos, lo que dejó a Danny con una dulce expectativa.

Cuando los faros del coche atravesaron la oscuridad, Danny no pudo evitar sentir una sensación de renovación.

El camino de regreso a la posada representaba más que un simple viaje físico; reflejaba el camino que podrían recorrer juntos en el futuro. Las promesas de aventuras compartidas y la perspectiva de construir algo significativo estaban muy presentes en sus pensamientos.

Su mente se llenó de diferentes pensamientos sobre la conversación de esa noche.

"¿Me estoy moviendo demasiado rápido?".

"¿Estoy esperando mucho y demasiado pronto de Toni?".

"¿Ella siente lo mismo que yo? Por supuesto que sí. Va a tomarse un tiempo libre del trabajo. Eso cuenta, ¿no?".

"¿Tomé la decisión correcta al no compartir mi relación pasada con Albert y nuestras adquisiciones a lo largo de los años? ¿Cuál habría sido su reacción ante esta verdad?".

Una suave sonrisa se dibujó en sus labios mientras se acercaba a la familiar fachada de la posada, sabiendo que el umbral que estaba a punto de cruzar albergaba el potencial de algo hermoso.

Cuando apagó el motor, Danny se tomó un momento para absorber la tranquila satisfacción que brotaba de su interior. Esta noche había sido más que una simple trasnochada. Había sido un puente que conectaba el pasado con el presente y allanaba el camino para un futuro compartido.

Con un corazón lleno de esperanza y una mente zumbando con los ecos de sus risas compartidas, Danny salió del auto, listo para abrazar el nuevo capítulo que lo esperaba con nuevas esperanzas.

Capítulo 21

Sorpresa

Danny sólo pudo dormir seis horas, ya que a las 10 en punto suena su móvil y en la pantalla aparece el familiar identificador de móvil: "Hair Man".

"Buenos días, Albert. ¿Cómo estás?".

"Dulzura, parece que todavía estás en la cama. ¿Estás solo?".

"Sí, lo estoy. ¿Qué pasa?".

"Nada. Todo va tan bien aquí que pensé en llamarte para ver cómo estás. ¿Por qué sigues en la cama? ¿No te sientes bien?".

"La verdad es que me siento estupendamente, Albert. Anoche tuve una cita para cenar y todo salió espectacular".

"Una cita para cenar, dices. Cuéntamelo todo. No dejes pasar ningún detalle, cuéntamelo, cuéntamelo".

Así, durante los siguientes quince minutos, Danny contó su cita para cenar con Toni, lo sucedido aquella noche en el lago y lo ocurrido la noche anterior.

"Dijiste que no mencionaste nuestras actividades pasadas, con lo que estoy de acuerdo. Es algo de lo que no deberías hablar".

"No estoy seguro, Albert. Me gusta mucho esta mujer y no quiero empezar con el pie equivocado con ella. Si más adelante se entera y me confronta, ¿qué le digo? ¿Alguna idea?".

"Oh, Danny, cariño, no entiendo a las mujeres, así que no soy una fuente útil de conocimiento sobre el tema. Existe la posibilidad de que, si se lo dices, las cosas no salgan tan bien como esperabas".

"Entiendo lo que dices, Albert. Creo que debería decírselo, pero en el momento adecuado. Albert, dame un segundo, hay otra llamada entrante", lo que llevó a Danny a poner a Albert en espera, y vio que era Toni.

"Hola Toni".

"Buenos días, Danny. Me alegra que estés despierto. Escucha, acabo de hablar con Gertie y Samuel. Están dispuestos a dejarme una semana libre, siete días, y permitir que Milo trabaje solo en la posada. Entonces, con eso en mente, ¿qué tal si vamos a algún lado hoy? ¿Qué te parece?".

"Suena genial, Toni. ¿Qué te parece si piensas en un lugar para almorzar y te paso a buscar a la 1:00 p. m.? ¿Qué te parece?".

"Suena perfecto. Nos vemos a la una y sé exactamente a dónde ir a almorzar. Es exótico y caro, espero que no te importe".

"De ningún modo. Nos vemos pronto".

Después de colgar, Danny regresa con Albert.

"Bueno, me dejaste en espera por un rato. ¿Quién era? ¿Era tu nueva chica favorita?".

"Sí, lo era. Vamos a salir a almorzar y pasaremos más tiempo juntos, ya que ella acaba de pedir siete días libres en el trabajo y se los dieron".

"Oh, cariño, qué bien por ti. Necesitas una breve distracción y, por lo que has dicho, parece divina. No veo la hora de conocerla. Iré el fin de semana".

"No, no lo harás. Necesito desarrollar una relación más estrecha y tú eres demasiado entrometido, Albert. Además, estoy seguro de que no quieres hacer el largo viaje".

"Tienes razón. Odio los viajes largos en coche solo. Así que cuídate y te hablaré pronto. Diviértete y si te diviertes demasiado, no le pongas mi nombre", y Albert suelta una carcajada y le cuelga a Danny.

Mirando su reloj, Danny sabe que tiene mucho tiempo para prepararse para recoger a Toni a la 1 de la tarde, pero también quiere hablar con Gertie sobre su sensación de que alguien ha estado en su habitación.

Después de afeitarse y ducharse, Danny opta por un estilo clásico. Elige un par de jeans oscuros con una camisa de botones color granate y zapatos de vestir. Luego, Danny toma el pétalo que encontró con la mancha, se lo mete en el bolsillo y, satisfecho con su apariencia mientras se mira en el espejo, baja las escaleras.

Al encontrar a Gertie detrás del mostrador de recepción, comienza su conversación con un saludo amistoso: "Hola Gertie, ¿cómo estás hoy?".

"Bueno, pero si es el señor Danny Monk, el ladrón..."

Danny, sorprendido por esa declaración, no sabe cómo reaccionar, pero Gertie añade: "Oh, no te muestres tan sorprendido. Te estás llevando a Toni lejos de nosotros durante una semana o algo así. Podrías haber esperado un mejor momento, pero ella ha trabajado duro y se merece un tiempo libre. Espero que la trates bien. Mucha gente aquí en Bahía de Cristal la quiere".

"Por supuesto, Gertie. La trataré como se merece. Lamento que tu declaración me haya desconcertado".

Gertie se rió un poco y dijo: "Es solo una broma, Danny. No muchos hombres pasan tiempo con Toni. Debes ser especial".

"Bueno, gracias por eso. Ahora, Gertie, ¿puedo preguntarte algo?".

"Por supuesto. ¿En qué puedo ayudarte?".

"El otro día una huésped habló contigo, preocupada porque alguien había estado en su habitación. ¿Te acuerdas?".

"Por supuesto que sí. Le dije a la huésped que nadie entra a las habitaciones a las que no se les permite hacerlo. ¿Por qué lo preguntas?".

Danny saca el pétalo de su bolsillo y se lo muestra a Gertie.

Gertie mira el pétalo como si fuera un objeto extraño, mira a Danny, vuelve a mirar el pétalo y simplemente pregunta: "Es un pétalo. ¿Qué pasa con él?".

"¿Notas la mancha, Gertie?".

Gertie miró de nuevo con atención y tomó el pétalo, lo examinó más de cerca y vio la mancha. Le respondió a Danny: "Sí, ahora la veo. ¿Qué es?".

"A mí me parece una base de maquillaje. De alguna manera, se depositó sobre el pétalo, como si alguien hubiera olido la flor, la hubiera rozado con la cara y hubiera caído al piso".

Gertie todavía está confundida.

"Danny, ¿qué intentas decirme?".

"En mi opinión, alguien también estuvo en mi habitación, miró a su alrededor, vio el jarrón con las flores, se interesó, olió la flor y, sin darse cuenta, cortó el pétalo de su tallo y dejó algo de su maquillaje o base en el pétalo".

"¿Cuándo encontraste este pétalo?".

"Justo el otro día".

"Espera un momento", y Gertie va y coge un teléfono móvil de detrás del mostrador de recepción, marca un número y Danny oye. "Robert, ¿puedes encontrar a Alice, Becky y Bian? Vengan los cuatro al área de recepción, por favor".

"Vamos a revisar a mi personal y ver si alguno de ellos usa este tipo de base o maquillaje en este momento. Esto me intriga".

"Gertie, no quería meter en problemas a tu personal. Solo me preguntaba si sabías quién podría haber estado en mi habitación el otro día".

"Bueno, uno de estos cuatro empleados habría estado en tu habitación, pero no registramos quién hace qué habitación cada día. Las tareas las realiza quien esté listo para hacerlo, así que tendré que preguntar".

En pocos minutos, el personal llegó y se paró al lado de Danny, esperando que Gertie les hiciera una pregunta.

"¿Quién limpió la habitación del señor Monk ayer?".

Danny miró a todo el personal.

Robert estaba fuera, porque no llevaba base ni maquillaje que él pudiera distinguir y, aunque las damas efectivamente llevaban algo de maquillaje, no era del mismo tono que la mancha en el pétalo, así que Danny no pensó que el culpable estuviera frente a él.

"Limpié la habitación del señor Monk, señora Bailey", dijo Becky.

"Por casualidad, ¿limpiaste el área alrededor de las flores que había en la habitación? ¿Oliste las flores?", preguntó Gertie.

Becky, un poco confundida por la pregunta de Gertie, simplemente sacudió la cabeza y dijo: "No, limpié el piso del alféizar de la ventana donde estaba la flor, pero no olí las flores por ningún motivo. ¿Por qué?".

"Sólo tengo curiosidad, Becky. Señor Monk, ¿tiene alguna pregunta para Becky?".

"Sí, la tengo. Becky, ¿notaste a alguien rondando por el pasillo antes de entrar en mi habitación? ¿Quizás un huésped o alguien más que no reconoces?".

"No, señor. No había nadie en el pasillo cuando entré en su habitación. ¿Hice algo que lo molestara, señor?".

"No, Becky, no has hecho nada malo. Como dijo Gertie, simplemente tengo curiosidad. Gracias Gertie, no tengo más preguntas para tu personal. Perdón por la molestia".

"De ningún modo, señor Monk". Gertie hizo un gesto para que el personal siguiera trabajando y dijo: "Vuelvan a lo que estaban haciendo". Cuando salieron de la recepción, se volvió hacia Danny y le preguntó: "¿Quién crees que podría haber estado en tu habitación?".

"No tengo idea, Gertie, pero es una coincidencia que el otro día, ¿cómo se llamaba?" y Gertie interviene: "la Sra. Carter". "Sí, la Sra. Carter estuviera hablando contigo sobre el mismo asunto. No creo en las coincidencias".

"¿Debería preocuparme por eso? ¿Alguno de mis empleados me está mintiendo? Todos ellos han estado conmigo durante años".

"No, no creo que sean responsables. Robert no llevaba maquillaje y las tres mujeres sí tenían maquillaje o base, pero me di cuenta de que no hacían juego con la mancha del pétalo. ¿Han llegado nuevos huéspedes desde que yo llegué?".

"Ninguno. Todos estaban aquí cuando llegaste. ¿Por qué?".

"Sólo me lo preguntaba, Gertie. Dejemos esto en secreto, ¿vale?".

"¿Puedo compartir nuestra conversación con Samuel? Él también necesita saber lo que está pasando en su establecimiento".

"Por supuesto, por favor, compártelo con él, pero asegurémonos de que no demasiada gente sepa lo que está sucediendo. Cuanta menos gente lo sepa, mejor, porque podemos descubrir quién entra en las habitaciones de tus huéspedes".

Danny miró su reloj y rápidamente agregó: "Tengo que irme. Voy a almorzar con Toni y tengo que recogerla. Te veo más tarde, Gertie".

"Que tengas un buen almuerzo. ¿Sabes a dónde vas?".

"No, Toni dijo que tenía una sorpresa para mí".

"Es maravilloso. A mí personalmente me encantan las sorpresas", añadió Gertie.

Mientras Danny se gira para dirigirse a su coche, se pregunta qué sorpresa le tendrá preparada Toni.

Su mente sólo piensa en dos preguntas: ¿Quién se está entrometiendo en las habitaciones de los huéspedes y por qué?

Capítulo 22

Ecos de Amor

Danny no tuvo problemas para encontrar la casa de Toni y llegó unos minutos antes de la 1:00 p. m. Cuando Danny se acercó a la puerta, la anticipación y la curiosidad llenaron su mente. La atmósfera estaba cargada de una mezcla de nerviosismo a lo desconocido. Cuando levantó la mano para tocar, la puerta se abrió inesperadamente y reveló a Toni parada allí. Una sonrisa cálida y genuina iluminó su rostro, lo que tranquilizó instantáneamente a Danny.

En un gesto sorprendente y cariñoso, Toni tomó la iniciativa. Dio un paso adelante y colocó suavemente su mano derecha en la nuca de Danny, atrayéndolo hacia sí en un tierno abrazo. El contacto fue reconfortante e íntimo a la vez, creando una conexión entre ellos. Cuando se inclinó, Toni presionó sus labios contra los de él y el tiempo pareció detenerse.

El beso estuvo lleno de familiaridad y dulzura, y dejó a Danny con una sensación de calidez que irradiaba por todo su ser. Fue un momento de conexión genuina y emoción compartida, que lo hizo sentir no solo deseado sino también apreciado. Danny no pudo evitar valorar la belleza del encuentro inesperado y la deliciosa sensación que lo envolvió durante ese beso sincero.

Después del beso prolongado, Danny finalmente dio un paso atrás, con una sonrisa satisfecha y genuina extendiéndose por su rostro. La atmósfera entre ellos estaba cargada de una nueva cercanía, y el aire parecía brillar con alegría compartida. Rompiendo el silencio, Danny no pudo evitar comentar sobre la deliciosa sorpresa.

"Bueno, que tengas una buena tarde también", dijo, con un dejo de humor en la voz. Una risita acompañó sus palabras, expresando tanto diversión como una sensación de agradecimiento por el gesto inesperado pero bienvenido.

Toni, al darse cuenta del tono juguetón, respondió con un brillo travieso en los ojos. "Pensé que era hora de agregar un poco de emoción a tu tarde antes del almuerzo", respondió con una cadencia juguetona en su voz. Su respuesta reflejaba un sentido del humor compartido y una conexión reconfortante.

El intercambio creó una atmósfera relajada, perfecta para que Danny simplemente dijera: "¿Estás lista para almorzar? ¿Cómo se llama ese lugar caro al que me llevarás?".

"No queda lejos. Déjame coger mi cartera y cerrar con llave. Espérame en tu coche, salgo en un segundo".

Danny regresó a su auto y se paró junto a la puerta del pasajero para recibir a Toni. El beso, la atmósfera, rompió cualquier tensión potencial que pudiera haber quedado después de la noche anterior. Danny pensó que marcaba el tono para una interacción positiva y placentera continua, insinuando la promesa de más momentos agradables por venir.

Después de unos minutos, Toni sale y Danny la observa detenidamente. Parecía... ¿cómo la describiría Albert?, espectacular. Sí, espectacular sería la palabra.

Su atención se centró en el vestido. El largo midi enmarcaba elegantemente su figura, acentuando sus curvas de la manera correcta. La explosión de colores vibrantes y el llamativo estampado floral no pasaron desapercibidos, envolviéndolo en una ola de felicidad veraniega. Podía imaginársela dando vueltas con él, la tela girando como un caleidoscopio contra el fondo de un día ventoso.

Toni optó por unas elegantes y cómodas sandalias en un color neutro que alargaban sus piernas y la hacían parecer casi regia.

Las sandalias añadieron un toque de estilo veraniego junto con un bolso de paja tejido. Parecía que llevaba todos sus artículos esenciales en él, pero le dio un toque relajado al conjunto.

Toni supo complementar su vestido con tan solo un delicado collar y una pulsera. Su reloj dorado complementaba los tonos cálidos del vestido.

Estupendo, simplemente espectacular, pensó Danny mientras le abría la puerta del coche a Toni, que parecía deslizarse hacia el asiento delantero con facilidad.

Danny cierra la puerta y se dirige al lado del conductor, entra y pregunta: "¿Dónde vamos a comer, Toni?".

"A un lugar misterioso, a solo veinticinco minutos de distancia. Déjame introducir la dirección en tu GPS, ¿puedo?".

"Por supuesto", y Toni marca la dirección y el GPS inicia su comando sobre cómo llegar a la ubicación misteriosa.

"¿No me dirás qué es ese lugar tan caro?".

"Es una sorpresa, Danny. Estoy segura de que te gustará la comida. Vamos, conduce. Tengo hambre. ¿Qué tipo de música tienes en este trasto, por cierto?", dijo Toni mientras manipulaba el sistema de radio.

Siguiendo las instrucciones del GPS, Danny conduce y ve que efectivamente el GPS indica que la ubicación está a veintidós minutos de distancia, y se pregunta qué tiene reservado Toni para él.

Toni encuentra una lista de reproducción llamada "AV" y la reproduce.

Danny escucha las canciones que Alessia había seleccionado para que fueran sus canciones. ¿Debería detener la lista de reproducción o dejar que sigan sonando?

Antes de que pudiera decidirse, Toni dijo: "Qué elección de canciones tan interesante, Danny. Tienes a Andrea Bocelli con 'Con te Partido', luego tienes a Al Green con 'How do you mend a broken heart', seguido de Gregory Porter con 'It's probably me', una gran variedad de canciones y hay una colección aún más interesante. ¿Qué te hizo elegirlas?".

"No las elegí yo, Toni. Las eligió Alessia".

Danny pensó que su declaración iba a estropear el camino y la conversación, pero Toni simplemente dijo: "Me gustan sus selecciones. Hay una peculiaridad con la que me puedo identificar en la mezcla de canciones".

Escuchar a Toni decir eso lo relajó durante el resto del viaje. Toni Webster aceptó los ecos de amor pasados de Danny Monk sin dudarlo y siguió adelante. Danny estaba seguro de que tendrían un almuerzo agradable dondequiera que fueran.

Capítulo 23

Magia

El GPS anuncia que han llegado.

El letrero de neón de "El Gordo Meat Pies" zumbaba y parpadeaba como una bola de discoteca tras una resaca. Danny parpadeó, acostumbrándose al misterioso almuerzo que Toni le había prometido. Danny esperaba un pequeño bistró elegante, pero lo que encontró fue este… ejem, establecimiento.

Al entrar, el aire estaba impregnado de un aroma embriagador a cebollas caramelizadas, salsa sabrosa y un toque de aceite de freidora que no desentonaría en una concentración de camiones monstruo. Una sinfonía dispareja de música polka y pop español sonaba a todo volumen desde un equipo de música apoyado sobre una pila de cajas de tarta vacías.

Detrás del mostrador, un hombre corpulento con un bigote que podría servir también de estropajo, sonreía como un Buda travieso. "¡Bienvenidos, amigos! Parecen hambrientos. ¿Con qué puedo tentarlos?".

"Bueno, bueno", tartamudeó Danny, mientras su vista aún intentaba adaptarse al vestido de Toni y a la colección de figuras de gnomos de plástico que adornaban el mostrador. "Esperábamos algo… ¿refinado?".

Toni se rió entre dientes; sus ojos brillaban. "Relájate, Danny. Créeme, aquí es donde ocurre la magia".

La sonrisa de El Gordo se ensanchó. "Toni, tú lo llamas magia. Yo lo llamo la 'magia' de Sally. Me alegro de volver a verte. ¿Quién es ese muchacho?".

"Tomás, este es Danny. Le estoy presentando lo mejor que puedes ofrecer".

Danny no pudo evitar decir: "¿Se conocen?".

"Regresamos a la escuela de cocina en Francia. Yo fracasé. Toni tuvo éxito y el destino nos unió en esta hermosa parte del mundo cuando conocí a mi compañera de vida, Sally Allen. Sally es la chef de 'El Gordo Meat Pies' y yo soy el cerebro", dijo Tomás entre risas.

"¿Qué tiene Sally preparado para hoy, Tomás?", preguntó Toni.

Señalando una mesa, Tomás los guía y, riendo, hace su sugerencia: "Les recomiendo que vayan por el 'Chupacabras Chorizo' de Sally. Chorizo picante, cebollas caramelizadas y un ingrediente secreto que hará bailar a sus papilas gustativas. También añadiría dos cervezas 'Estrella' de Barcelona para darle ese 'ambiente elegante y refinado' que Danny estaba buscando".

"Eso suena fantástico. Tráenos dos de cada uno", responde Toni y, guiñándole un ojo a Danny, añade: "No te arrepentirás".

Tomás encuentra dos cervezas y las lleva a la mesa, y luego guiña un ojo mientras regresa detrás del mostrador y se lanza a un dramático gesto con un pincel de repostería, untando un glaseado dorado sobre un pastel gigantesco.

Les trae las dos tartas y colocándolas frente a ellos Tomás simplemente dice: "Buen provecho" y los deja solos.

Danny arqueó una ceja, pero con un solo bocado su escepticismo desapareció más rápido que la promesa de un político. La corteza hojaldrada, mantecosa y crujiente. El relleno, un río de chorizo especiado y cebollas caramelizadas, cada bocado era una explosión de sabor, dulzura y un toque picante. Era una tarta que cantaba ópera en la lengua, un tango culinario que te dejaba sin aliento y pidiendo más.

Antes de terminar su primera tarta, Toni levantó la mano y le hizo un gesto a Tomás para que sirviera dos más, y luego dos más.

Mientras Danny devoraba su tercer "Chupacabras Chorizo", sus reservas iniciales se habían transformado en pura felicidad. Miró a Toni, con la boca cubierta de hojuelas de hojaldre y los ojos brillando con un deleite travieso. En ese momento, entre la música de polka y las figuras de gnomos, se dio cuenta de que no solo le estaba mostrando una joya escondida, sino que le estaba mostrando otra faceta de ella, una faceta aventurera y divertida que prosperaba con desvíos inesperados y restaurantes de mala muerte con las mejores tartas de Australia.

Entonces, aunque 'El Gordo Meat Pies' tal vez no tuviera manteles blancos ni sommeliers, tenía algo mucho más valioso: magia, o 'magic', como dijo Tomás, en sus pasteles, risas en el aire y un recuerdo que quedaría grabado para siempre en las papilas gustativas de Danny (y probablemente en sus arterias), un testimonio del día en que su costosa cita para almorzar dio un delicioso salto al corazón del nirvana de los restaurantes grasientos.

Capítulo 24

Dieta

"Nunca hubiera pensado que tendría un almuerzo tan delicioso en este lugar escondido", comentó Danny mientras salían de "El Gordo Meat Pies", fuera del alcance del oído de Tomás, mientras se dirigían hacia su auto.

"Calla, Danny. No quieres que Tomás te escuche y seguro que tampoco quieres que Sally te escuche. Menos mal que estaba ocupada en la cocina".

"Bueno, tengo que decir que la calidad de la comida me sorprendió mucho. ¿Son todos los pequeños establecimientos y restaurantes de la zona tan buenos?".

"Son pocos y has tenido la suerte de comer en otro restaurante de mala muerte que Gertie te recomendó, ¿recuerdas?".

"Espera un momento. Tu lugar, el 'Seashell Café', no es un agujero en la pared. Yo no diría eso".

"Déjame corregirte, Danny. El 'Seashell Café' es el lugar de mi madre, no el mío. Yo estaba allí el día que entraste en mi vida mientras le ayudaba a mi madre y tú entraste bailando vals".

"¿Entré bailando vals?".

"Sí, entraste bailando. Te vi mirando alrededor del café, absorbiendo la atmósfera solo para asegurarte de que estarías cómodo adentro".

"Entonces, ¿me espiaste?".

"No, había salido al mostrador para hablar con mi madre y estaba caminando de regreso a la cocina cuando entraste y me llamaste la atención".

"Ya veo, 'me llamaste la atención', y Danny da una rápida vuelta mientras llega al auto y hace una pequeña reverencia.

"¿Pasé la inspección entonces? ¿Y ahora qué?".

"Estás haciendo una tontería. No quise decir que me llamaste la atención, simplemente te vi de reojo cuando entraste".

"Bueno, Toni, tienes bonitos ojos".

Ella reprende a Danny con una rápida palmada en el brazo y le dice: "Basta".

Danny abre la puerta y entra Toni y antes de que Danny pueda cerrar la puerta, le pregunta: "Danny, ¿te apetece un café y un postre?".

"Claro. ¿Qué tienes en mente?".

"Entra y te lo diré".

Danny cierra la puerta y se pregunta si Toni lo llevará a otro establecimiento escondido o lo sorprenderá con algo completamente diferente.

Mientras cierra la puerta y pone en marcha el coche, Toni está ocupada introduciendo una nueva dirección en el GPS y de repente oye una voz: "Gira a la derecha en Broward Street".

"¿Otra sorpresa?".

"Sí, Danny, otra sorpresa. Conduce mi carro, auriga, conduce".

"Sí, mi señora", dijo Danny mientras se dirigía a la carretera y giraba a la derecha.

El GPS decía que había que conducir cuarenta minutos hasta la dirección. Danny no preguntó. Tenía gasolina de sobra y no le importaba conducir, porque así tenía más tiempo para hablar con Toni o simplemente escuchar música. Toni había encontrado Bay FM en la radio en el 89,9 y tocaba la música más moderna. Danny no era un gran fan, pero a Toni le gustaba, así que Danny asintió con la cabeza al ritmo de la música mientras conducía. Habría preferido escuchar alguna de sus canciones favoritas de siempre, pero como dice el viejo dicho: "cuando estés en Roma".

"Danny, cuéntame sobre tu amigo Albert. ¿Cómo es?".

"¿Por qué quieres saber sobre él?".

"Bueno, hablaste un poco sobre tus padres, luego un poco más sobre el caballero al que le compraste tu librería, el Sr. McCullum, pero mencionaste mucho a Albert en nuestras conversaciones, pe-ro en realidad no dijiste mucho sobre él".

"Entonces, ¿qué quieres saber?".

"Todo lo que puedas en los próximos veinte minutos aproximadamente que tenemos hasta que lleguemos".

Danny no estaba seguro de cómo explicarle a Toni quién era Albert. Albert es Albert y lo mejor es conocerlo en persona y sacar sus propias conclusiones, pero pensó que le daría a Toni una visión aérea del hombre.

"Albert dirigía una institución en todo Sídney. Se había ganado la reputación de ofrecer los mejores peinados gracias al arduo trabajo de su equipo de dieciocho personas, todas ellas entrenadas individualmente por Albert. Este ojo para la perfección hizo que "Cut Me Crazy", que era el nombre de su peluquería, fuera la envidia de todas las peluquerías de Sídney. Sus diez sillas siempre estaban llenas de ciudadanos prominentes de la zona de Sídney, políticos locales y nacionales y celebridades, todos ellos deseosos de ser mimados por el personal de Albert".

"Qué emocionante. ¿Albert te peinó alguna vez?".

"No, fui a Josh's Place para cortarme el pelo".

"¿Por qué?" preguntó Toni, sorprendida por la respuesta de Danny.

"Josh me cobró treinta dólares y en la peluquería de Albert sus estilistas me cobraron ciento sesenta dólares".

"¿Ciento sesenta dólares por un corte de pelo a un hombre? ¿Qué hacían por esa cantidad de dinero?".

"Bueno, los peluqueros masculinos, a los que no se les llamaba barberos, te recibían con su traje de chaleco, luego colocaban una toalla caliente y seca en el cuello del cliente para que se sintiera cómodo. Luego comenzaban con un lavado de cabello y, para relajarte aún más, un masaje de cabeza de cinco minutos antes de que te sentaras en la silla para que te cortaran el pelo. En ese momento, podías elegir entre un brandy, un coñac o un whisky escocés para beber mientras te cortaban el pelo. Un corte de pelo simple, eso sí, pero Albert les había enseñado a ser como un cirujano con sus tijeras. Cuando terminaban contigo, no quedaba ni un solo cabello fuera de lugar. El lugar siempre estaba lleno de hombres que querían que les cortaran el pelo".

"¿Pero tú no?".

"No, yo no".

"De nuevo, ¿por qué no?".

"Lealtad, Toni, lealtad. He estado yendo a Josh desde que abrió su tienda de sillas para dos personas en Main Street, al lado de la tienda del Sr. McCullum, cuando yo iba a la escuela secundaria. Siempre se portó bien conmigo y seguiré yendo con él hasta que se jubile".

"¿Cuándo se jubilará?".

"Bueno, ya tiene setenta y cuatro años, así que supongo que quizá le queden otros diez años más o menos".

"O antes de que corte una oreja, ¿no?".

"Sí, esa también podría ser una razón potencial", se rió Danny ante la respuesta de Toni.

"En la rotonda, toma la segunda salida y en un kilómetro llegarás a tu destino a tu derecha", indicó la voz del GPS.

"Ah, ya casi estás, rápido, cuéntame más sobre Albert", comenta Toni.

"Bien, Albert mide 1,73 m, es delgado, pesa solo sesenta y nueve kilos, más o menos, tiene el pelo rubio perfectamente peinado y las manos más cuidadas que rivalizan con las de Cleopatra. Sus ojos azules se parecen al océano y lo que realmente lo distingue como único es, por supuesto, su ropa".

"¿Sus trajes?".

"Sí, digamos que si alguna vez existiera un invento que pudiera controlar el brillo de la vestimenta de un hombre, Albert sería la persona perfecta para ser el portavoz del producto".

"¿Eso es salvaje?".

"Sí, pero en su defensa, lo lleva bien, como dice la canción".

"¿Qué más puedes compartir sobre Albert, Danny?".

"Albert fue el primero en darme la bienvenida al puesto de trabajo del Sr. McCullum e incluso intentó contratarme como aprendiz. Si bien su contratación fracasó, nuestra amistad floreció con el paso de los años y, cuando compré el negocio, aún más, con sus palabras de aliento y sus consejos financieros".

"¿Intentó reclutarte para trabajar como peluquero?".

"Sí lo hizo, pero no fue para mí".

"Así que terminaste siendo el pequeño y viejo dueño de una librería".

"¿A quién llamas viejo?", y Danny le da una palmada en la rodilla en el aire, lo que provoca una risa de Toni.

"Llegaste a tu destino".

Danny entra al estacionamiento del centro comercial y lee el cartel de bienvenida: "Salvatores Gelato and Coffee".

El único pensamiento de Danny es: Chico, me alegro de no estar a dieta.

Capítulo 25

Sospechoso

"Salvatores Gelato and Coffee" parecía una heladería italiana que rinde homenaje a las prácticas del viejo mundo, pero con un estilo muy australiano. Con una combinación de paredes rústicas pintadas a mano y algunos jarrones decorativos repletos de flores de temporada para evocar un ambiente costero, hay un koala y un canguro de peluche colgados en la pared. Esto crea una vista interesante del pequeño establecimiento.

Al entrar, Toni y Danny cogieron una mesa y la camarera apareció inmediatamente con un menú.

"Les traeré una botella de agua y dos vasos. Miren el menú y díganme qué puedo servirles", y se alejó para buscar el agua.

"¡Vaya, está muy alegre!", dijo Danny.

"¿No te alegrarías mucho, como dices Danny, de trabajar en un lugar tan encantador?", responde Toni mientras mira el menú.

Fue el turno de Danny de mirar el menú y vio que Salvatores tenía una gran selección.

"¡Vaya! En cuanto a sabores, prácticamente cubren todos los colores del arcoíris y la cantidad de opciones de café es alucinante. ¿Cómo puede una persona elegir? ¿Qué me recomiendas, Toni?".

"Depende de lo que te interese. He probado de todo en esta tienda. Desde sorbetes de manzana, canela y almendras hasta sorbetes de fresa, té de hibisco y menta, que se sirven en un elegante y refinado cuenco de color marrón oscuro adornado con un estampado retro de los años sesenta que cuesta una fortuna. No los rompas porque cuestan unos 130 dólares cada uno, o puedes optar por las opciones más mundanas de un cono o una taza".

Danny le muestra las manos a Toni y le dice: "Con estas cosas tan toscas, creo que me quedo con un cono y un sorbete tradicional de mango".

"Un sorbete de manzana para mí y me quedo con su expreso panameño".

"¿Un expreso panameño? Nunca había oído hablar de él. ¿Cómo es?".

"Una vez me dijeron que los granos de café provienen de una variedad de origen único que se cultiva únicamente en la base del volcán El Valle en Panamá, lo que les da a los granos un sabor único. Deberías probarlo, si te gusta el expreso".

"Me gusta y lo haré tan pronto como regrese la señorita", y sí, por órdenes de los dioses del café, aparece la joven camarera.

"Hola de nuevo, aquí tienen su agua. Mi nombre es Liza, con z. ¿Están listos para su pedido?".

Danny da el pedido de sorbetes y le dice a Liza, con la z, que también tomarán un café, pero que pedirán los cafés cuando terminen de comer sus sorbetes. Liza está contenta con eso y se aleja para hacer el pedido.

"Entonces, después de la hora del sorbete y del café, ¿qué más hay para hacer en esta parte del mundo, señorita Webster?".

"Estaba pensando en eso y, como el sol se pone tarde, pensé que veríamos un lugar interesante, pero turístico. ¿Te apuntas?".

"¿Qué lugar tienes en mente, Toni? ¿Está cerca?".

"Lo está, pero tendremos que cambiarnos, porque no tenemos ropa para este viaje".

"¿Qué estás pensando hacer que necesitamos un cambio de ropa, Toni?".

"¿Has oído hablar de la cueva de luciérnagas de Nightcap?".

"No".

"La cueva está en una selva tropical exuberante, por lo que necesitamos ropa para caminar hasta allí. ¿Te apuntas?".

Danny no tuvo que pensarlo mucho, si eso significaba pasar más tiempo con Toni, volaría a la luna, así que dijo: "Estoy listo para ir".

"Aquí están los helados. Disfrútenlos. Cuando terminen, volveré con su café", dijo Liza.

Danny mira a Toni en busca de su aprobación y le pide a Liza que les dé cinco minutos para disfrutar de los helados y hacer el pedido de dos expresos panameños. Liza asiente con la cabeza y se va.

Los helados, como sugirió Toni, estaban simplemente deliciosos. Salvatore Vincenzo, el homónimo del establecimiento, trajo consigo la técnica tradicional de elaboración de helados cuando emigró a Australia hace sesenta años. La familia Vincenzo ha transmitido el secreto de generación en generación de heladeros italianos.

Después de saborear los helados y como por obra de la providencia, Liza aparece con los dos expresos, que, nuevamente, tenían un sabor encantador y distintivo.

Después de pagar su pedido, Danny y Toni decidieron que Danny dejaría a Toni en su casa para darle la oportunidad de cambiarse, y luego él regresaría a la posada, se cambiaría también y regresaría a recogerla y se dirigirían a la cueva de las luciérnagas de Nightcap.

Al llegar a la posada, Danny se dirige a su habitación y ve a Abe de pie junto a la puerta de Danny.

"Abe, ¿qué pasa?".

Abe saltó, sobresaltado por el sonido de su nombre, se giró y miró a Danny.

"Oh, hola, Danny. Estaba a punto de tocar a la puerta para ver si estabas y me gustaría tomar un café abajo".

Danny miró a Abe con atención.

A media tarde, Abe llevaba puestos unos finos guantes negros de fibra transpirable, antideslizantes y resistentes al sudor. Danny conocía esos guantes, pues los había llevado varias veces en el pasado durante algunas de sus adquisiciones y las de Albert. ¿Qué le pasa a Abe?, pensó Danny.

Danny intenta que Abe no note que se dio cuenta de que llevaba guantes y le da una respuesta rápida: "Lo siento, Abe. Me reuniré con Toni para ver una cueva. Tal vez dentro de un día o dos podamos tomar un café. ¿Te parece bien?".

"Claro, claro, Danny. Por favor, tú y la chef disfruten. Nos vemos pronto", y Abe se quita los guantes como si fuera lo más natural del mundo, se los mete en el bolsillo del abrigo y se dirige hacia las escaleras.

Danny observa a Abe mientras baja las escaleras y se hace una nota mental para investigar un poco sobre Abe Reynolds cuando tenga un momento sin Toni. Al abrir la puerta de su habitación, Danny tiene la sensación de que Abe estaba intentando entrar o salir de la habitación de Danny y no estaba dispuesto a llamar a la puerta. Danny rara vez se basa en su intuición, pero esta vez no pudo evitar pensar que, efectivamente, había algo sospechoso en las acciones de Abe.

Capítulo 26

Un Buen Lugar

❧

Danny llega a la casa de Toni y antes de que tenga oportunidad de apagar el auto para caminar hacia la puerta principal, la puerta se abre y sale Toni.

El atuendo que lleva Toni le indica a Danny que ya ha practicado senderismo antes de hoy. Toni lleva lo que Danny puede describir: unos pantalones ventilados de color verde bosque con múltiples bolsillos que son prácticos, funcionales y cómodos al mismo tiempo. Su camiseta es una sudadera de manga larga de color oliva marino cuyo color combina maravillosamente con los pantalones. Lleva en la mano un sombrero de paja, que tiene un factor de protección solar 50+, específicamente para el sol australiano. Incluso en una selva tropical, es recomendable tener protección solar. Danny reconoce el estilo y la marca de sus botas de senderismo: unas botas de senderismo Salomon como las suyas. Ah, sí, ya lo había hecho antes.

Sin esperar a Danny, Toni se sube al coche, toma el control del GPS y pone la dirección.

"Llamé con antelación y reservé para nosotros, así que no hay necesidad de apresurarse. Realizaremos una visita guiada, pero abreviada, por la selva tropical y la cascada, y luego por la cueva".

"¿Hay mucho que caminar?", preguntó Danny.

"Un poco. Aparcaremos el coche y luego el guía turístico nos llevará por un sendero hasta que su vehículo ya no pueda avanzar más, y luego, caminaremos unos dos kilómetros por la selva tropical hasta llegar a la cascada. En ese punto, tomaremos algunas fotos", dijo mientras pestañeaba en broma a Danny, "y luego caminaremos hasta la cueva, que está a medio kilómetro de la cascada. La cueva en sí no es demasiado grande, pero es profunda, húmeda y fría, así que me alegro de que te hayas vestido apropiadamente".

"¿Cuánto tiempo llevará esto, Toni?".

"El recorrido abreviado es de solo dos horas porque hacemos el recorrido por la selva tropical tomando algunos atajos. Normalmente es un recorrido de seis horas, un evento de un día completo, ya que incluye el almuerzo".

"¿Cuánto cuesta?".

"Todo arreglado, cariño. Yo invito después de ese exquisito y exótico almuerzo en 'El Gordo' y el postre en 'Salvatore's'".

"Genial, me gustan las mujeres adineradas", dijo Danny sonriendo.

No tardaron mucho en llegar al punto de partida del tour. Tras registrarse, les presentaron a su guía: Fabricio, un joven estudiante de intercambio que lleva haciendo esto unos años durante sus vacaciones de verano de los estudios universitarios. Hablaba inglés perfecto y después de algunas cuestiones de seguridad y verificar que Danny y Toni tuvieran agua, entre otras cosas, se dirigieron al vehículo para empezar el tour.

Fabricio conocía la ruta porque manejaba como un loco por el desgastado sendero y Toni y Danny estaban contentos, habían usado sus cinturones de seguridad porque rebotaban como frijoles mexicanos hasta que Fabricio detuvo el vehículo y les dijo que la siguiente parte del recorrido comenzaría y sería a pie.

Mientras comienzan su caminata, Fabricio inicia su disertación, que probablemente ha memorizado a lo largo de los años: "El parque está en el borde sureste de la caldera de erosión del Monte Warning, ya saben lo que es una caldera", los mira y ambos asienten afirmativamente, y él continúa. "Todos los barrancos, crestas y picos forman los restos erosionados del volcán escudo Tweed. El pico más alto en Nightcap es el Monte Burrell, también conocido como Blue Knob, con una elevación de 933 m sobre el nivel del mar. Bien, hasta ahora, ¿no es confuso?", preguntó, deteniéndose y mirándolos directamente.

Nuevamente, tanto Toni como Danny responden con un gesto y un rotundo "no, todo claro".

"La lava basáltica y riolítica que fluyó del volcán Tweed, que entró en erupción hace más de 23 millones de años, produjo varias comunidades de vegetación que se pueden ver a nuestro alrededor. El parque recibe precipitaciones que superan los 2500 mm por año, pero parece que eligieron la tarde perfecta, ya que no hay ni una sola nube en el cielo".

Mientras Toni y Danny seguían a Fabricio, él continuó explicando más datos sobre el parque, como las cuarenta especies de mamíferos, veintisiete tipos de reptiles, veintitrés variedades diferentes de ranas y más de cien especies de aves que habitan el parque. Fabricio también compartió que el parque contiene más de seiscientas especies de plantas, pero lo único que Danny pudo hacer fue quedar fascinado con la belleza de la selva tropical mientras caminaban hacia la cascada, que Danny podía escuchar incluso a esa distancia.

"Tengan cuidado, ahora viene un sendero un poco complicado y rocoso para llegar a la cascada, pero una vez que lleguen, verán que valió la pena el esfuerzo", afirma Fabricio.

Fabricio no exageraba la aspereza del sendero rocoso, pero no mencionó que era corto, pues poco después de empezar, Danny y Toni llegaron al mirador de la cascada. Fabricio hace un anuncio triunfal: "Señora y señor, les presento las cataratas Minyon".

Danny casi se quedó sin aliento. La vista desde el mirador de las cataratas Minyon era espectacular. Danny no solo podía ver las cataratas en sí, sino también el valle que se extendía debajo. El día, al estar despejado y sin una sola nube en el cielo, permitía vislumbrar la lejana costa.

Toni se acerca a Danny y juntos disfrutan de los sonidos de la fauna local, el ambiente tranquilo y el espectacular entorno natural. Ella toma su mano, le da un apretón, se pone de puntillas y le da un beso en la mejilla a Danny.

"¿Y eso por qué?", preguntó Danny.

"Pareces un niño pequeño que ve su juguete favorito por primera vez".

"Es una vista increíble, Toni. ¿Ya habías estado aquí antes?".

"Sí, hace muchos años. Mi madre y yo hicimos el mismo recorrido, pero un señor mayor lo hizo por nosotras y fue un poco más aburrido. A Fabricio parece interesarle mucho la parte natural del recorrido y disfruté mucho de sus explicaciones mientras caminábamos hasta aquí".

"Realmente hizo un buen trabajo", fue todo lo que Danny pudo decir mientras continuaba observando el bosque de abajo lleno de eucaliptos australianos, eucaliptos negros y eucaliptos garabateados, y la hermosa piscina en la base de la cascada, que parecía un lugar ideal para refrescarse y relajarse.

"Esa piscina parece muy tentadora. Es una lástima que no hayamos traído trajes de baño", dijo Danny.

"¿Quién los necesita?", responde Toni con una sonrisa traviesa.

"Muy bien, señora y señor, es hora de que los lleve a la cueva. Por aquí, por favor. Tengan cuidado cuando salgamos del mirador".

Diez minutos después, llegan.

No era una cueva, sino un túnel hecho por el hombre.

"Fabricio, esto no es una cueva", protesta Danny.

"Correcto. Es una antigua vía del tren, pero lo llamamos cueva, porque parece más poético una vez que entras".

Danny, pensando que se trataba de publicidad engañosa, no respondió nada y simplemente siguió a Fabricio y luego a Toni hacia el túnel.

Debieron haber caminado unos buenos ochocientos metros y los ojos de Danny apenas se estaban acostumbrando a la oscuridad cuando vio a la mayoría de las luciérnagas. ¡Y había muchísimas!

Las luciérnagas parecían preferir los lugares húmedos y había algunos grandes grupos de luces azules centelleantes en los huecos a lo largo de los lados del túnel y, por supuesto, en el techo.

Danny siguió el ejemplo de Fabricio y se detuvo para mirar hacia arriba y asegurarse de que había apagado la linterna. Danny sintió que estaba parado bajo un cielo nocturno brillante. Los gusanos no estaban a lo largo de todo el techo del túnel, sino en enormes masas. Mientras estaba parado en medio del túnel, Danny se estiró y agarró la mano de Toni y ambos miraron hacia arriba. El mejor efecto de los gusanos estaba en medio del túnel, pensó Danny.

Se quedaron allí en la oscuridad mirando hacia arriba y no pudieron resistirse a darse un beso entusiasta.

"No vamos a aceptar eso, gente. A las luciérnagas se les ocurrirán ideas", y ambos estallaron en carcajadas ante el comentario de Fabricio.

Después de unos minutos más, Fabricio dijo: "Está bien, es hora de regresar. Caminemos lentamente por donde entramos y asegúrese de hacerlo lentamente para que sus ojos se adapten a la luz exterior".

Cuando comenzaron a caminar para salir del túnel, Danny sintió que estaba en un buen lugar.

Capítulo 27

Rumores Salvajes

Danny y Toni caminan de regreso al auto después de que Fabricio los dejó en la oficina de turismo.

"¿Qué quieres hacer para cenar, Danny?".

"No tengo planes, Toni. ¿Tienes alguna sugerencia?".

"Sí, sí. ¿Te animas a recibir otra sorpresa?".

"Si es tan buena como las últimas, sí, cuenta conmigo".

"Está bien, llévame a casa para refrescarme y vuelve a buscarme a las 8 p. m., ¿de acuerdo?".

Danny asintió y, mientras el sol se hundía en el horizonte, proyectando largas sombras sobre el sinuoso camino rural, Danny y Toni continuaron su animado intercambio. Sus otras conversaciones habían abordado todo tipo de temas, desde los sueños de la infancia hasta las complejidades de la teoría de cuerdas, o al menos, lo que ambos habían aprendido viendo episodios de "The Big Bang Theory", y parecían chisporrotear con destellos eléctricos, y cada nuevo tema provocaba nuevas ráfagas de risas y reflexiones profundas.

Al llegar a un semáforo, Danny miró a Toni, cuyo perfil se veía bañado por la suave luz del atardecer. Una sonrisa se dibujó en sus labios y sus ojos brillaron con un entusiasmo sin reservas que lo encendió por dentro y por fuera. Sintió una repentina necesidad de detenerse, salir al crepúsculo y simplemente saborear ese momento de pura conexión.

Pero la luz se puso verde y lo apartó del precipicio de la espontaneidad. Volvió a conducir, con una melodía de posibilidades zumbando en su mente. ¿Debería invitarla más tarde a un picnic improvisado bajo el cielo estrellado? ¿O sugerirle su primera cita para ir al cine, compartiendo las palomitas de maíz como metáfora de su vínculo floreciente? ¿Había algún cine en Bahía de Cristal?, pensó.

En cambio, las palabras que pronunció lo sorprendieron incluso a él. "Entonces…" comenzó con un ligero temblor en la voz, "¿te gustaría ayudarme a resolver el misterio de la llave perdida del cajón de los calcetines?".

Toni frunció el ceño con auténtica confusión. "¿Qué llave?".

Él se rió entre dientes, sus nervios se calmaron bajo su mirada divertida. "Ya sabes, la que abre el portal a un reino infinito de calcetines perdidos. La leyenda dice que solo el elegido puede manejarlo…"

"No entiendo, Danny. ¿Qué llave? ¿Qué cajón de calcetines?".

"Uno de mis autores favoritos, JF Nodar, escribió un cuento sobre una llave mágica que se encuentra en un cajón de calcetines y que permite a cualquiera que la tenga encontrar todos sus calcetines perdidos, reuniendo así todos esos calcetines raros y desparejados que guardas en tu cajón de calcetines".

Y así, sin más, se embarcaron en otra aventura, soñando con un cuento fantástico que hubiera desterrado los últimos restos de las ansiedades del día, si es que tenían alguna. El viaje de regreso a casa, inicialmente una ruta sencilla en un entorno familiar, se transformó en un viaje caprichoso a través de un mundo creado a partir de risas compartidas e imaginación desenfrenada.

Cuando finalmente llegaron a la conocida fachada de la casa de Toni, el atardecer tenía un significado diferente. No era solo el final de otro día, sino el comienzo de algo nuevo, emocionante y lleno de la dulce promesa de historias que aún no se habían contado: su primera "cita para cenar" y, además, una cita para cenar sorpresa.

Al llegar a la casa de Toni, Danny se prepara para apagar el auto cuando Toni le toca la mano y le dice: "Está bien, Danny, puedo llegar sola", y le da un beso rápido en la mejilla mientras abre la puerta del lado del pasajero y se dirige hacia su puerta, deteniéndose para ver si había algún correo y corre los últimos pasos hasta la puerta principal. Inserta la llave de la puerta, la abre, se da la vuelta y saluda a Danny.

Danny le devuelve el saludo, pone el auto en marcha y se dirige al Poplar Inn para refrescarse y prepararse para la cena.

Al entrar, Danny miró alrededor del interior poco iluminado del Poplar Inn y notó que Samuel caminaba hacia él.

"Danny, ¿será posible que tengamos un momento juntos?".

"Claro, Samuel. ¿En qué puedo ayudarte?".

Samuel le indica a Danny que se dirija hacia el costado del restaurante, lejos de los demás clientes. Danny se preguntó qué podría ser tan urgente como para que Samuel necesitara hablar con él en privado. Los clientes de la posada charlaban y chocaban sus copas en el fondo mientras Samuel conducía a Danny a un rincón apartado.

"¿Qué pasa, Samuel?" preguntó Danny con curiosidad.

Samuel miró a su alrededor con cautela antes de bajar la voz. "Se avecinan problemas, Danny. Varios huéspedes, incluido tú, han dicho que parece que había alguien en su habitación. Todos dicen que no se han llevado nada, pero que pueden decir que alguien ha estado en su habitación".

Danny mira a Samuel. "¿Has notado algo tú también?".

"Nada. Los fantasmas han puesto sus miras en el Poplar Inn".

Danny frunció el ceño y la preocupación se dibujó en sus rasgos. "Fantasmas. ¿En serio? ¿Qué quieren aquí?", dijo Danny con una sonrisa.

Samuel suspiró y sus ojos se movieron nerviosamente. "No digo que sean fantasmas, Danny, solo parece que la gente está sintiendo algo, pero nadie ha visto nada extraño".

"Está bien Samuel, tengo una pregunta extraña para ti".

"Claro. ¿Qué es?".

"¿Alguien ha estado haciendo preguntas sobre una vieja leyenda como la de que se rumorea que hay un tesoro escondido en los terrenos de la posada? ¿O es posible que hace muchos años una pareja de amantes muriera aquí y sus almas estén atrapadas, de ahí los fantasmas?".

Samuel abrió mucho los ojos. ¿Cómo lo sabía Danny? La leyenda del tesoro escondido había sido un mito local durante generaciones, transmitido de un residente a otro. Nadie lo había encontrado nunca, pero la mera mención despertaba emoción y curiosidad.

"Hay un viejo rumor sobre un tesoro escondido en el terreno, Danny. ¿Cómo lo supiste? ¿Alguien compartió los rumores contigo? ¿O lo leíste en alguna parte?".

Danny sonrió, pues estaba tan sorprendido como Samuel. No había oído nada, pero la codicia siempre es un gran motivador, y un tesoro escondido hace que la codicia sea divertida. "No, Samuel, nadie me dijo nada, solo lo adivino".

"¿Por qué vendrían a buscarlo ahora?", se preguntó Danny en voz alta.

Samuel sacudió la cabeza. "No lo sé, Danny, pero la gente oye rumores sobre tesoros escondidos y enterrados y se vuelve, bueno, loca".

Mientras Samuel hablaba, la mente de Danny trabajaba a toda velocidad. Había crecido en un pueblo pequeño y conocía cada rincón de él. Si bien los tesoros ocultos y enterrados nunca fueron una leyenda en Northport, los viejos establos tenían fantasmas, o al menos, ese era el rumor, así que ¿por qué Bahía de Cristal no tendría un tesoro enterrado?

"No podemos permitir que los invitados difundan rumores descabellados", declaró Samuel. "Tenemos que reunir a los huéspedes, encontrar una razón razonable para sus sentimientos y asegurarnos de que todo quede en el olvido".

Danny asintió con la cabeza en señal de acuerdo.

"Sabía que podía contar contigo, Danny. Le preguntaré a los huéspedes durante el desayuno mañana. Es la única ocasión en la que todos están juntos en un mismo lugar al mismo tiempo, para conocer sus opiniones y obtener actualizaciones. ¿Puedo contar contigo para el desayuno? Reunamos a la gente y averigüemos cómo lidiar con esta situación antes de que se agrave".

"Por supuesto, Samuel", Danny miró su reloj y le explicó que tenía que irse porque tenía una cita para cenar.

"Ya veo. Toni te ha tenido ocupado estos últimos días. Rara vez te vemos a la hora de cenar aquí".

Danny sonrió y señaló las escaleras, y Samuel simplemente sonrió y asintió.

Danny subió corriendo las escaleras y no pudo evitar la sensación de que la conversación que Samuel había propuesto a todos los huéspedes, pondría a prueba la paciencia de todos ellos.

Al abrir la puerta de su habitación, Danny miró a su alrededor y no sintió nada esta vez, así que quizás fue solo una sensación de la vez anterior, pero luego le vino a la mente el recuerdo del pétalo en el suelo con la mancha de maquillaje o base.

Danny se duchó rápidamente, se afeitó y, mirando su reloj, se dio cuenta de que tenía tiempo para tomar una cerveza rápida abajo.

Cuando salió de su habitación, vio a Abe Reynolds saliendo de su habitación.

"Abe", gritó Danny.

Abe se dio la vuelta y esperó a que Danny lo alcanzara.

"¿Puedo invitarte a beber algo, Abe? Tengo unos minutos antes de irme a cenar con Toni, la chef. Yo invito".

"Joven, has dicho la palabra mágica: invitación. Disfrutemos de una copa abajo".

Lo que Danny no sabía era que los acontecimientos que estaban a punto de desarrollarse no solo lo desafiarían a él, a Toni y a los dueños del Poplar Inn, sino que también descubrirían secretos en-terrados durante mucho tiempo que conducirían a resultados inesperados.

Capítulo 28

Reacciones

Danny y Abe bajan las escaleras y se dirigen a la sección del bar del restaurante y se sientan en la barra cuando, como por arte de magia, aparece Samuel.

"Señores, ¿qué puedo servirles?".

Danny, todavía sorprendido por la repentina materialización, parpadeó dos veces. "Eh, hola", balbuceó. "Samuel, no serás como un genio, ¿verdad? Porque en realidad no frotamos ninguna lámpara…"

Abe, siempre pragmático, se rió entre dientes. "Tranquilo, Danny. ¿Quizás estaba debajo de la barra comprobando algo?".

Samuel, con un destello de diversión en los ojos, se rió para sí mismo. "En efecto, caballeros. Su amable barman del barrio y dueño de la posada, a sus órdenes. Aunque les aseguro que mi aparición no le hizo daño a ninguna lámpara". Señaló las estanterías llenas de botellas de colores. "¿Qué les apetece? ¿Un bourbon clásico, tal vez? ¿O algo más… aventurero?".

Danny, recuperando la compostura, se acomodó la camisa. "Quizás algo para calmar los nervios", admitió, mirando la ceja arqueada de Abe. "Un tequila sunrise doble, si puedes".

Abe, sacudiendo la cabeza, pero sonriendo, se apoyó en el mostrador. "Un whisky solo para mí, gracias. Y que sea bueno, Samuel. ¿Tienes algo maravilloso aquí? Pareces terriblemente… suave detrás de la barra".

Samuel le guiñó el ojo. "Uno aprende algunas cosas después de unos cuantos… episodios. Digamos que disfruto de una historia encantadora y la suya, caballeros, promete ser una gran narración. Ahora, ¿quién está listo para contarlo todo?".

Mientras Abe bebía un trago de whisky y Danny revolvía nerviosamente su tequila sunrise, el aire crujía de expectación. ¿Adónde se dirigía Samuel con esta conversación? ¿Descubrió algo sobre las entradas a las habitaciones? ¿Tenía alguna sospecha? La conversación, al parecer, apenas estaba empezando.

"Yo nunca derramo una bebida, Samuel", bromeó Abe, sosteniendo firmemente su bebida en su vieja mano. "¿Y tú, Danny? ¿Derramas tus bebidas?".

"Sólo cuando bailo", respondió Danny.

El aire estaba cargado de preguntas no formuladas. La respuesta juguetona de Danny no hizo más que poner de relieve la curiosidad subyacente que suscitaba el enigmático comentario de Samuel. Se movió en su taburete y el tequila Sunrise se reflejaba en sus ojos como un caleidoscopio de colores.

"Entonces, Samuel", Danny rompió el silencio, con la voz teñida de aprensión, "¿qué quisiste decir con eso de… soltar algo? ¿Estás buscando una confesión? ¿Algún chisme jugoso?".

Una sonrisa se dibujó en los labios de Samuel, y su mirada se movió de un hombre a otro. "Caballeros", dijo lentamente, con un brillo juguetón en los ojos, "la información, como el buen alcohol, se saborea mejor si se agita. No se me ocurriría forzar una historia. Pero... digamos simplemente que aprecio una historia bien contada, una historia tejida con un toque de misterio, tal vez una pizca de peligro".

Se inclinó hacia delante y bajó la voz con aire conspirador. "¿Has oído algún rumor sobre una figura oscura que ronda por la ciudad? ¿Quizás una reunión clandestina que salió mal? ¿Un artefacto robado con secretos antiguos?".

Sus palabras quedaron suspendidas en el aire y una chispa encendió la curiosidad en los ojos de Danny. Abe, sin embargo, permaneció estoico y tomó un sorbo de whisky con aire pensativo. "Ahora, Samuel", interrumpió, "apreciamos el teatro, pero estás hablando con adultos experimentados. Tratamos con hechos, no con cuentos de hadas".

Samuel se rió entre dientes, un sonido cálido y retumbante que resonó en el oscuro bar/restaurante. "Los hechos, amigo mío, suelen ser las historias más fantásticas de todas. Pero créanse lo que quieran. Díganme, caballeros, ¿se sienten atraídos por estos susurros? ¿La intriga estimula su espíritu aventurero?".

Danny, con los ojos encendidos por una chispa repentina, miró a Abe. Se produjo una comunicación silenciosa entre ellos, un destelló de entusiasmo luchando contra la cautela. Tal vez Samuel fuera solo un excéntrico barman, dueño de una posada, pero la posibilidad de una aventura, por más que estuviera envuelta en misterio, era innegablemente tentadora.

"¿Sabes qué, Samuel?". Danny sonrió, y la tensión de sus hombros se alivió. "Te diré algo. ¿Por qué no nos cuentas una historia? Sobre ti, sobre este pueblo, sobre esos susurros de los que hablas. Y tal vez, solo tal vez, si tu historia es lo suficientemente buena, podríamos tener una propia para intercambiar".

Una lenta sonrisa se extendió por el rostro de Samuel, formando arrugas alrededor de sus ojos. "¡Ah, ese sí que es el espíritu! Un intercambio de historias, ¿eh? Me gusta cómo suena eso. Pero tengan cuidado, caballeros, mi historia podría dejarlos sedientos de algo más que sus bebidas".

Hizo girar un paño alrededor de un vaso y el tintineo atrajo la atención de todos. Parecía que el bar se había convertido en un escenario y Samuel, el enigmático barman y dueño de la posada, estaba listo para interpretar su papel. ¿Adónde los llevaría su historia? ¿Danny y Abe revelarían sus propios secretos a cambio? La noche, llena de aroma a bourbon y susurros de misterio, estaba apenas comenzando cuando Gertie entró.

"Samuel, ¿estás molestando al señor Reynolds y a Danny?".

"Gertie, le quitas toda la diversión a trabajar detrás de la barra", dijo Samuel tímidamente.

"Caballeros, ¿los está tentando con algún tipo de intriga? ¿Pidiendo que intercambien historias? Mi esposo es un alborotador, eso es lo que es, así que todo lo que les ha pedido que compartan, fue todo en broma. Solo para iniciar una conversación".

"Bueno, hizo un trabajo maravilloso, yo por mi parte estaba listo para morder el anzuelo", dijo Abe.

"¿Y qué hubieras compartido conmigo y con Samuel, Abe?". preguntó Danny.

"No diré nada ahora porque Samuel ya no está en el escenario de la narración de historias", dijo Abe con una sonrisa.

"Entonces, ¿no hay secretos, Abe?".

"Secretos, probablemente algunos que deben permanecer en secreto. ¿Y tú, Danny?".

Danny pensó en cómo responderle a Abe. Él tenía secretos. Todos los tienen. Algunos pueden compartirse, mientras que otros es mejor que permanezcan en secreto. Además, Gertie dijo que Samuel solo estaba bromeando. Burlándose.

"No, ningún secreto. Soy un libro abierto. Después de todo, soy dueño de una librería".

"En ese caso, gracias por la bebida, Danny. Me voy. Hablamos más tarde", y Abe les hace un gesto con la cabeza a Gertie y Samuel y sale del bar/restaurante.

Danny esperó hasta que Abe estuvo fuera del alcance del oído y le preguntó a Samuel: "Samuel, ¿solo estabas bromeando o tenías alguna intención con este enfoque misterioso de hacernos hablar?".

Samuel empuja a Gertie más cerca de él y se inclina hacia Danny.

"Bian vino a verme esta mañana y me dijo que creía haber visto al señor Reynolds saliendo de la habitación de los Wentworth".

"¿Está segura?".

"Le pregunté eso y me dijo que no estaba cien por ciento segura, pero parecía como si él estuviera cerrando la puerta silenciosamente detrás de él. Cuando la vio, no dijo ni una palabra. Simplemente le sonrió y continuó hacia su habitación como si nada hubiera pasado".

"Ahora entiendo que nos pidieras que habláramos un poco. Esperabas que se le escapara un detalle y dijera algo incriminatorio".

"Sí, esa era mi intención, pero no se lo dije a Gertie, así que cuando entró al bar y me preguntó si los estaba molestando, le seguí la corriente. No hice un escándalo". "¿Aún estás planeando tener la conversación grupal por la mañana?".

"Sí, lo estoy. Creo que lo necesito".

Danny miró su reloj y dijo: "Samuel, Gertie, tengo que irme a cenar con Toni. Dejaré que tomen la iniciativa mañana por la mañana y los apoyaré si puedo. ¿Qué les parece?".

"Buen Danny, te lo agradezco. Este misterioso incidente debe terminar. Planeo dejar una pequeña nota en cada habitación diciendo que el desayuno será mañana a las 8 a. m. en lugar de la hora habitual, de esa manera todos estarán allí a la vez. También haré que todo nuestro personal esté allí al mismo tiempo. Diviértete y nos vemos por la mañana".

"Buena idea, Samuel. Por favor, pon las bebidas en mi cuenta. Nos vemos pronto".

Con eso, Danny salió a buscar a Toni y se preguntó cómo iría el desayuno de la mañana con Samuel, lo que despertaría la preocupación de algunos de los huéspedes. Será interesante ver las reacciones de Abe, pensó Danny mientras caminaba hacia su auto.

Capítulo 29

Siempre Hay Un Mañana

anny llegó a la casa de Toni y la encontró afuera, esperándolo. Cuando él detuvo el auto, ella le hizo un gesto para que no saliera y corrió hacia la puerta del pasajero, la abrió y saltó adentro.

El corazón de Danny se agitó, desconcertado por el brillo juguetón en los ojos de Toni. En la luz que se desvanecía, casi podía detectar un dejo de picardía bajo la luz de la luna que iluminaba su rostro. Fingió una falsa decepción, con una sonrisa tirando de sus labios. "¡Toni, me mataste del susto! Pensé que te perseguían unos furiosos lagartos de lengua azul".

Toni fingió jadear y se agarró el pecho con dramatismo. "¿Lagartijas de lengua azul? ¡Mi querido Danny, me has herido! Esta es una sorpresa sofisticada, no un encuentro con reptiles". Señaló una cesta de picnic que había dejado en el asiento trasero, cuyo cuerpo de mimbre irradiaba un cálido resplandor gracias a las luces de colores ocultas en el interior. Ahora, déjame abrocharme el cinturón, porque te estoy guiando hacia una aventura".

Intrigado y aliviado por el desenfadado giro de los acontecimientos, Danny obedeció. Mientras se alejaban a toda velocidad, notó que no se dirigían a ningún restaurante que reconociera. La curiosidad ardía en él, pero la expectación juguetona que flotaba en el aire era contagiosa.

Siguiendo las instrucciones de Toni, el coche atravesó sinuosas carreteras secundarias y finalmente se detuvo en un claro apartado bañado por la luz de la luna. Al salir, Toni extendió rápidamente una manta sobre la suave hierba que los esperaba, junto a una pequeña nevera para vinos. Encendió un altavoz Bluetooth que reproducía música suave desde su teléfono y rápidamente sacó las luces de colores y las colocó entre los árboles, creando un dosel mágico.

"¡Tarán!", anunció Toni, sonriendo orgullosamente. "Tu cita personalizada para cenar sin lagartijas de lengua azul, servida bajo las estrellas".

Danny se quedó sin palabras. La dedicación y el esfuerzo, por no hablar de la pura fantasía de todo aquello, le reconfortaron por dentro y por fuera. "Esto es increíble, Toni. Gracias".

Tomándolo de la mano, lo condujo hacia la manta. Mientras se acomodaban, ella le reveló el contenido de la canasta de picnic: quesos gourmet, frutas frescas, pan crujiente y la botella de vino frío. Las risas llenaron el aire mientras compartían historias, saboreaban la deliciosa comida y bailaban bajo el cielo estrellado.

Más tarde, acurrucados sobre la manta, contemplando la Vía Láctea, Danny admitió: "Puede que me hayas asustado al principio, pero esto… esta es la mejor sorpresa que he tenido".

Toni le apretó la mano. "Lo mejor está por venir", susurró, sacando una pequeña caja de terciopelo. "¿Recuerdas aquella vez que dijiste que le habías pedido a una estrella fugaz una vida de aventuras conmigo?".

"En el lago la otra noche", dijo Danny.

Danny se quedó sin aliento. Sabía lo que iba a pasar, pero su corazón latía con fuerza de anticipación. Cuando Toni abrió la caja, reveló un delicado anillo de plata grabado con una pequeña estrella fugaz.

"¿Te gustaría embarcarte en esa aventura conmigo, Danny?". preguntó con voz suave.

Al ponerse el anillo, Danny se limitó a decir: "Más que nada, Toni. Más que nada".

Admiró el anillo que tenía en la mano y preguntó: "¿Cómo conseguiste mi talla de anillo?".

"Lo supuse. Soy buena con las joyas".

"En efecto, lo eres Toni".

"Danny, recibí una extraña llamada de Samuel justo antes de que llegaras. Me pidió que estuviera en la posada para un desayuno a las 8 a. m. ¿Sabes por qué? Me pidió que te lo preguntara".

Mientras Danny contaba lo que Samuel le había explicado y compartía sus propias preocupaciones, se podía ver cómo el rostro de Toni cambiaba de alegría a preocupación.

"¿Crees que es uno de los empleados? Yo nunca haría eso".

"No, Toni, no creo que sea uno de los empleados que se note demasiado, pero puede que me equivoque. Una cosa sí sé, y es que no eres tú. Eso es seguro".

Una sonrisa irradió del rostro de Toni.

"Gracias por eso".

Algunas de las luces de colores comenzaron a parpadear, mostrando el final de la vida útil de la batería.

"Danny, ¿te importaría llevarme a casa un poco antes de lo que quiero? Necesito asegurarme de estar presente para la reunión de las 8 a. m. Te veré por la mañana, ¿sí?".

"Por supuesto, Toni", mientras ambos comenzaban a recoger los restos del sorpresivo picnic nocturno.

Bajo la atenta mirada de un millón de estrellas, su cena sorpresa terminó antes de lo previsto. Lo que el cielo nocturno pudiera haber prometido no se cumplió, pero Danny pensó: Siempre hay un mañana.

Capítulo 30

Mi Media Naranja

Llegaron a la casa de Toni. Una vez más, Toni le pidió a Danny que no se molestara escoltándola hasta la puerta principal. Le dio a Danny un beso largo y dulce y cuando Toni abrió la puerta principal, se dio vuelta y le lanzó un beso.

Actuando como un joven adolescente, agarró el beso en el aire imaginario y colocó su mano sobre su corazón.

Al llegar a la posada, Danny fue rápidamente a su habitación, con la intención de darle a Toni una rápida llamada de buenas noches, cuando, al abrir la puerta, notó una nota debajo de la puerta.

Al leer rápidamente la nota, Danny sonrió y solo pudo pensar que se vería envuelto en un misterio de Agatha Christie con uno de sus protagonistas en el desayuno de esa mañana, cuando suena su teléfono y nota el nombre: 'Hair Man'.

"Albert, qué agradable sorpresa. ¿Está todo bien?".

"Lo está, cariño. Solo quería llamarte para decirte que también me tomaré unos días libres y me preguntaba si te gustaría tener algo de compañía contigo en Bahía de Cristal". La pregunta quedó flotando en el aire, cargada de preocupación y de una pizca de duda. Danny oyó cuando Albert cambió de posición y un leve crujido en las tablas del suelo.

"Oh, cariño, entiendo por qué estás preocupado. Pero créeme, no te pediría que me vieras si no fuera importante".

Danny se acercó a la ventana y observó la imponente silueta de Bahía de Cristal contra el cielo que oscurecía.

"Dices que estás bien, pero no me dices cuáles son tus preocupaciones por teléfono y quieres verme. Albert, parece que estás en problemas. ¿Es así?".

"Tonterías, cariño. Todo está bien en el salón de belleza. Solo necesito hablar contigo de algo, el aspecto comercial del negocio y siempre es mejor con una buena cena y una copa de vino. Además, puede que también conozca a tu nuevo interés amoroso, ¿no?".

Por supuesto, pensó Danny. El curioso Albert no puede esperar para entrometerse, pero, por otra parte, ganarse un amigo como él no es algo fácil. "Está bien, Albert. Te haré una reserva mañana por la mañana. Creo que habrá una habitación disponible para ti". "No te preocupes, cariño, ya hice la reserva. Mi habitación de alojamiento está en el Driftwood Den. La persona que se encargó de mi reserva me informó que habían decorado la habitación con madera desgastada y texturas naturales, lo que le da un ambiente rústico y playero. La habitación tiene mi entrada privada. Accederé a un pequeño jardín que ofrece un ambiente sereno al aire libre, perfecto para relajarme y sumergirme en la vigorizante brisa del mar. Qué delicia".

"¡Ya lo reservaste! Estabas seguro de que diría que sí a tu propuesta. ¿No es así?".

"Ay, cariño. Tú sabes que eres como mi media naranja. Te conozco mejor que tú mismo. Nos vemos mañana. ¡Ciao!" y Albert cuelga.

Mirando su reloj, Danny decide no llamar a Toni, dejarla descansar y hablar con ella por la mañana. Con esa decisión tomada y Albert colgando, Danny se queda pensando en qué necesitaría hablar Albert que no pueda hacerse por teléfono o esperar hasta que él regrese a Northport.

"Veamos en qué lío se ha metido Albert mientras yo no estaba allí", dijo Danny en voz alta mientras se preparaba para ir a dormir.

Capítulo 31

Un Furtivo

Danny durmió maravillosamente. Se despertó renovado y con ganas de ir al desayuno de Samuel con el resto de los huéspedes.

"Tal vez debería haberme tomado un tiempo antes para discutir con Samuel el mejor enfoque en esta reunión al estilo Hércules Poirot", dijo Danny en voz alta mientras se afeitaba.

Después de una ducha refrescante, Danny miró su reloj y vio la hora: 7:49 a.m.

"Perfecto", murmuró para sí mismo mientras salía de su habitación y se dirigía hacia las escaleras. De repente, hay una fila de conga acercándose a las escaleras. Danny ve a los Wentworth, al señor y la señora Maxwell y a la señora Lititz Carter caminando tranquilamente hacia las escaleras.

"Buenos días, damas y caballeros. ¿Listos para el desayuno?".

El grupo se da vuelta y mira a Danny y Sally sonríe y simplemente dice: "Buenos días, señor Monk. Vaya, usted es una persona madrugadora, ¿no?".

"De hecho, lo soy señora Wentworth. Una buena noche de sueño tiene ese efecto".

"Entonces, ¿la misteriosa nota de Samuel para este desayuno no te perturbó?" preguntó el señor Maxwell.

"Ni una pizca. Quizá Samuel nos tenga preparada una sorpresa. Una especie de juego. ¿Quién sabe? ¿Bajamos todos? Yo, por ejemplo, tengo hambre".

Con eso, todos bajaron las escaleras y encontraron a Abe Reynolds afuera de la puerta cerrada del restaurante.

"Buenos días a todos. Parece que no podemos entrar. La puerta está cerrada".

"Esto está yendo demasiado lejos", exclamó la Sra. Carter. "Necesito mi desayuno, tengo cosas que hacer hoy, lugares a los que ir, gente a la que ver".

Como por providencia, la puerta se abre de par en par y Samuel da la bienvenida a todos.

"Gracias por su puntualidad. El desayuno ya está servido".

Todos los invitados se dirigieron a sus mesas habituales. Los humanos somos criaturas de costumbres, pensó Danny mientras él también se dirigía a su mesa habitual y se sentaba con Abe Reynolds.

"¿Sabes lo que está pasando, Danny? ¿A qué viene todo ese teatro?".

"No tengo idea, Abe. Escuchemos lo que tiene que decir Samuel".

Danny miró a su alrededor y vio rápidamente que Samuel había reunido a todo su personal en una esquina. Con aspecto cansado, allí estaban Robert, Marie, Allison, Marcus y el personal de limpieza: Alice, Becky y Bian y, para sorpresa de Danny, un hombre de mediana edad con traje. Ese traje me recuerda al detective Cassell, pensó Danny.

Un momento después, por la puerta de la cocina sale Gertie con Marcus y Toni de puntillas. Toni le hace un guiño rápido a Danny, lo que lo toma por sorpresa y él simplemente le sonríe.

"Parece que ahora estamos todos aquí", exclamó Samuel.

El silencio se apoderó de la sala mientras Samuel se aclaraba la garganta. Danny observó los rostros de los huéspedes reunidos, cuyas expresiones iban desde el nerviosismo hasta la indignación desafiante.

"Queridos huéspedes", comenzó Samuel con voz nítida como un cuello almidonado, "nos encontramos en una situación muy curiosa. Anoche, el señor Reynolds informó que su reloj Tag Heuer Carrera desapareció de su habitación cerrada con llave".

Se escucharon murmullos entre los invitados y el personal. La señora Maxwell y la señora Lilitz se agarraron el cuello para asegurarse de que sus collares todavía estuvieran allí. Danny observó que Abe no tenía expresión alguna y, de hecho, no llevaba reloj. Danny buscó en su memoria y no recordó que Abe llevara reloj cuando se conocieron, pero ¿era un Tag Heuer Carrera?

"¿Cómo puede pasar esto, Samuel? ¿Cómo puede pasar esto, Gertie?", preguntó Jim Wentworth. "¿No tiene la puerta de entrada medidas de seguridad después de las 11 de la noche, permitiendo el acceso únicamente a los huéspedes y al personal con llaves?".

Una voz potente y atronadora detrás de Samuel dijo: "Algunas cosas desafían incluso a la cerradura más fuerte, señor. Tal vez el se-ñor Reynolds simplemente perdió su reloj".

"Damas y caballeros, permítanme presentarles al detective Liam Callum. Anoche le informaron de esta reunión y ha venido a entrevistarlos a todos y les hará algunas preguntas mientras desayunan. Ya nos ha entrevistado a mí, a Gertie y al resto del personal. Disfruten de su desayuno y estoy seguro de que esto no llevará mucho tiempo".

Bingo. Los detectives deben tener descuento en sus trajes en algún lugar de Nueva Gales del Sur, pensó Danny mientras observaba con la mayor discreción posible la escena que se desarrollaba frente a él. Sus ojos agudos no se perdían ningún detalle mientras inspeccionaba la sala llena de intrigas y sospechas. Una sensación de inquietud se apoderó de los invitados cuando se dieron cuenta de que uno de ellos estaba acusado de robar el preciado reloj.

El detective Callum, imperturbable ante los murmullos y las teatralidades de los huéspedes, levantó una mano. "Ah, me prepararé y algún día llegará mi oportunidad", dijo el detective, interrumpiendo toda conversación y muchas de las actividades del desayuno.

Sentado con Jim y Sally Wentworth, el detective habló en voz alta: "Esta pequeña cita se atribuye a Abraham Lincoln y cubre, en mi opinión, las muchas oportunidades que cualquiera puede tener de actuar de una manera que otro individuo puede no detectar".

La habitación no quedó en completo silencio con el detective presente, pero no estaba tan bulliciosa como de costumbre. Danny buscó con la mirada a Toni, que ya no estaba en la habitación y probablemente había ido a la cocina. El resto del personal también se había dispersado para continuar con sus actividades normales, dejando a Samuel en la esquina observando todo.

Después de unos minutos, el detective Callum se levantó de la mesa de los Wentworth y se sentó con la Sra. Lititz Carter, y ella parecía bastante incómoda en el momento en que el detective se sentó.

"¿Qué crees que el detective les está preguntando a los invitados? ¿Sus preguntas serían diferentes a las que ya le ha hecho al personal? ¿Qué opinas, Danny?".

"No estoy seguro, Abe. He tenido breves interacciones con las autoridades".

"Bueno, los Wentworth parecen haber tenido bastante éxito con sus respuestas, ya que el detective no se quedó mucho tiempo con ellos y la Sra. Carter, ciertamente me pareció incómoda cuando el detective se sentó, bueno, a mí me pareció así, de todos modos. ¿Alguna idea, Danny?".

"Mi opinión fue que los Wentworth fueron sinceros con sus respuestas y sabiendo que Gertie y Samuel debieron haberle dado algunos antecedentes al detective, ya que estaban de luna de miel y todo eso, el detective probablemente hizo las preguntas que necesitaba en ese momento".

"¿Y la señora Carter?", interrumpe Abe.

"La Sra. Lititz Carter siempre se siente incómoda".

Abe se rió ante el comentario de Danny y luego asintió con la cabeza.

"Mira, el detective ha terminado de interrogar a la Sra. Lititz Carter y ahora se dirige hacia el Sr. Aloysius y la Sra. Evelyn Maxwell. Veamos su reacción".

Danny no se molestó en mirar la reacción del Sr. Aloysius y la Sra. Evelyn Maxwell, sino la reacción de Abe a las preguntas del detective mientras este iba de mesa en mesa.

Cuando el detective se sentó con los Maxwell, Danny también lo observó. El detective parecía inteligente, alerta, con una mirada que demostraba su valía al hacer preguntas. Danny sonrió para sí mismo y pensó: Un joven Hércules Poirot, pero sin bigote ni acento belga.

"Tienes una sonrisa en la cara, Danny. ¿Se te ocurre algo que puedas compartir?".

"No, Abe, solo estaba pensando y me hizo sonreír".

"Mira a Homer Witham. Me parece culpable, simplemente sentado ahí. ¿No te parece que esté temblando, Danny?".

Danny miró al Sr. Witham y sí, parecía incómodo más que todos los demás, pero de nuevo, está esperando juicio por fraude, así que supuso que cualquiera lo estaría si un oficial de policía se sentara a interrogarlo.

"Abe, según lo que me contaste sobre su inminente juicio, su actitud podría reflejar esa ansiedad. Eso no lo hace culpable".

"Bueno, si podemos votar, él tiene mi voto", respondió Abe, tomando un sorbo de café y dejando de repente su taza.

"Mira, Danny. Parece que ahora nos toca a nosotros", dice Abe mientras el detective Callum se dirige hacia ellos.

El detective parece amable y sonríe mientras se sienta y se presenta. "Buenos días, caballeros. Mi nombre es el detective Liam Callum. Necesito hacerles algunas preguntas. Primero, ¿me pueden decir sus nombres?".

Tanto Abe como Danny se presentaron.

"Excelente. Señor Monk, ¿le importaría ir a la barra a tomar su café, ya que terminó de desayunar mientras hablo con el señor Reynolds? Cuando termine mis preguntas con él, le pediré que vaya a la barra y luego podrá regresar a su asiento. ¿Está bien?".

"Por supuesto que no hay problema, detective Callum".

Mientras Danny se sienta en la barra, Toni sale de la cocina.

"Danny, he estado observando al detective mientras recorría la habitación. ¿Tienes alguna idea de quién podría ser el ladrón?".

"Dios mío, Toni. ¿Cómo has visto todo eso?".

"Bueno, yo no lo vi, pero a medida que Allison servía cada plato, ella regresaba a la cocina y nos hacía saber lo que estaba sucediendo en el comedor".

"¿Y no te preocupa que Samuel te vea aquí ahora conmigo?".

"Ni un ápice. He mantenido a Gertie y a Samuel al tanto de nuestras actividades durante estos últimos días".

"¿Todas nuestras actividades, Toni?", preguntó Danny con una leve sonrisa en su rostro. "No todas, hombre travieso. ¡Qué mente tan buena tienes!". Danny se estaba acostumbrando a hablar con Toni cuando ella lo interrumpió. "Danny, creo que ahora te toca a ti. El detective nos está saludando con la mano". Danny miró rápidamente y vio que, efectivamente, el detective le estaba haciendo señas mientras Abe se dirigía al bar. Cuando Danny y Abe cruzaron, Abe simplemente dijo: "Ten cuidado, Danny. Es un tipo astuto". Qué astuto, pensó Danny mientras se sentaba para su propio interrogatorio.

Capítulo 32

Albert y su Tiempo

El detective Callum se reclinó en su silla y juntó los dedos frente a él. Su mirada era firme y evaluativa. "Señor Monk", comenzó con voz suave y de barítono, ¿te gustaría decirme por qué estuviste en la escena del crimen anoche?".

Danny tragó saliva, consciente de repente de la tela áspera de la silla contra su piel. "Yo, eh, estaba con la señorita Toni Webster", dijo, sonando confiado. "Estábamos en una cita".

En los labios de Callum se dibujó un atisbo de sonrisa. "Interesante. ¿Y desde hace cuánto conoces a la señorita Webster antes de esta cita?".

"No hace mucho", admitió Danny. "Nos conocimos hace unos días".

Callum levantó una ceja. "Ya veo", fue todo lo que dijo el detective.

"¿Escuché que fueron a un bar notoriamente sospechoso en su primera cita?".

"No, no era un bar conocido por su mala reputación. Era un picnic bajo las estrellas".

"El señor Reynolds te advirtió que tuvieras cuidado conmigo antes de sentarte. Tal vez él sepa más sobre tu participación de lo que tú dejas entrever".

La mente de Danny daba vueltas. ¿Debería negar las palabras de Abe o seguirle el juego? Optó por la primera opción, sin estar seguro de las consecuencias que traería cada una de ellas.

"El señor Reynolds se equivoca", dijo con firmeza. "No tengo nada que ocultar".

Callum miró hacia la barra y se dio cuenta de que Abe estaba sentado allí, observándolo. El detective Callum se puso de pie y se volvió hacia todos los invitados del restaurante y el personal.

"Damas y caballeros, pueden retirarse. Es posible que tenga más preguntas y, en ese caso, me pondré en contacto con ustedes personalmente. Gracias por su tiempo esta mañana".

Tan pronto como la declaración caló en la mente de todos, los huéspedes se levantaron y abandonaron el restaurante.

"Samuel, tú y Gertie pueden quedarse, pero tu personal puede continuar con sus tareas habituales".

Danny abrió la boca para hablar, pero el detective Callum le hizo un gesto para que no lo hiciera, por lo que Danny se detuvo.

Después de que la habitación quedó vacía, Samuel, Gertie, el detective y Danny hablaron: "El detective te tuvo pensando por un rato, Danny", dijo Samuel con una sonrisa.

"¿Qué? ¿Samuel? ¿Gertie? ¿Sabían que esto iba a pasar? ¿Por qué no me lo dijiste?".

"Queríamos que todos los invitados en la sala vieran tu expresión cuando te hice esas preguntas, señor Monk. Tus respuestas me permitieron observarlos mientras hablabas", respondió el detective Callum. Antes de que Danny pudiera responder, el detective dijo: "Samuel, Gertie, gracias a ambos por su ayuda hoy. Necesito un poco de privacidad con el señor Monk".

"Por supuesto", y ambos se van, dejando a Danny y al detective solos en el restaurante.

Danny adopta una actitud ofensiva y pregunta: "¿Por qué no querías que Samuel o Gertie me avisaran lo que iba a pasar?".

"Tengo mis razones, señor Monk, pero la verdad, como una historia bien contada, requiere no sólo un escenario sino también personajes que revelen su verdadero yo cuando la trama se complica.

Esa respuesta desconcierta a Danny, pues la había oído en alguna parte. ¿O la había leído? Danny simplemente preguntó: "¿Dónde he oído eso antes, detective Callum?".

Una pequeña risa sale del detective Callum y responde: "De uno de mis detectives de ficción favoritos, Hércules Poirot".

"A él lo conozco muy bien", respondió Danny.

"Sí, señor Monk. Sé mucho sobre ti. Anoche, después de que Samuel me llamara, investigué mucho sobre todos los invitados y descubrí algunas cosas interesantes sobre varios personajes de aquí, incluido tú, señor Monk".

"¿En serio? ¿Podrías decirme qué es lo que te resulta tan interesante?".

"Bueno, señor Monk, tuve una larga conversación con el detective principal Malcolm Cassell".

Danny arqueó las cejas y su expresión era una mezcla de intriga y sospecha. "¿Dijiste el detective jefe Cassell? ¿El detective al que ayudé a resolver el caso de la empleada doméstica asesinada?".

"El mismo", dijo el detective Callum, inclinándose hacia atrás con confianza. "Y déjame decirte, señor Monk, que tenía mucho que decir sobre ti".

Danny sonrió. "¿De verdad? ¿Y qué tenía que decir el estimado detective Cassell sobre un simple dueño de una librería como yo?".

"Simplemente dijo que tú no eres lo que dices ser: no eres un simple librero".

"¿En serio? ¿Puedes explicarme un poco más? Tengo curiosidad por saber qué conversación tuviste con el detective jefe Cassell".

"Él quedó… impresionado", dijo Callum, alargando la palabra. "Cassell habló de tu agudo ojo para los detalles, de tu inusual oportunidad para liquidar todos los préstamos pendientes, todo en efectivo, por cierto, pero debe admitir que tienes algunos métodos poco ortodoxos que lo ayudaron con ese caso, y de cómo siempre pareces estar en la gracia de mujeres poderosas y hermosas".

Danny se burló. "Los halagos no te llevarán a ninguna parte, amigo mío. ¿Cuál es tu objetivo aquí?".

Callum se rió entre dientes. "No hay ningún sesgo, señor Monk. Solo un interés genuino en alguien que está en los momentos más interesantes de la vida y que, debido a sus excentricidades o conexiones, parece mantener a raya a la fuerza policial local".

"¿Excentricidades, dices?" La voz de Danny se volvió más aguda. "Después de todo, lo que hice por el detective jefe Cassell fue ordenar la escena del crimen y ponerle al asesino en su regazo. Todavía está buscando algo para culparme. ¿Es eso, detective Callum?".

"Quizás", admitió Callum con una sonrisa. "Pero bueno, los detectives pueden ser como perros con un hueso. Es difícil dejarlo ir, ¿sabes?".

"Sí, lo sé detective Callum", dice Danny.

"Ahora, me encantaría escuchar tu opinión sobre este robo de relojes. El detective principal Cassell menciona que tienes algunas... ideas únicas".

Danny dudó un momento y miró a su alrededor. Finalmente, suspiró. "Está bien, está bien. Tengo una opinión o dos sobre esto".

Antes de que el detective Callum pudiera preguntar, todo lo que se escucha es: "Danny mi vida, he llegado".

Albert y su timing. Siempre es perfecto.

Capítulo 33

Conclusiones

El detective Callum se giró y miró a Albert, y Danny creyó oír una pequeña risa salir del detective Callum.

Albert se encuentra de pie junto a la puerta del restaurantey parece un pavo real recién salido a comer. Su extravagante atuendo consta de una chaqueta de terciopelo violeta vibrante adornada con bordados dorados que reflejan la brillante luz del sol de la mañana. Debajo, se asoma una impecable camisa blanca con mangas con volantes que recuerda a la época victoriana. Sus pantalones, confeccionados a la perfección, lucen un atrevido estampado de raya diplomática que complementa perfectamente su conjunto. Para completar el look, Albert se pone un par de zapatos de cuero pulido con hebillas plateadas; cada paso refleja confianza y sofisticación. Cuando entra al restaurante, con su estilo impecable y extravagante, es una visión de elegancia y garbo, listo para aprovechar el día o la noche, porque nunca se sabe lo que Albert está planeando.

"Danny, mi amor, acabo de llegar como te prometí y aquí te encuentro con este apuesto extraño, completamente solo. ¿Interrumpí algo?".

Los ojos de Danny se abrieron de par en par por la sorpresa ante la repentina aparición de Albert, pero una sonrisa traviesa se dibujó en sus labios. "¿Interrumpir? Oh, para nada, Albert", respondió Danny, haciendo un gesto para que Albert se uniera a ellos.

"Simplemente estoy teniendo una charla agradable con Liam Callum".

Callum asintió a modo de saludo, con un brillo cómplice en sus ojos como si sintiera la dinámica entre Danny y Albert, pero notó que Danny no lo presentó como el detective Liam Callum.

Albert se rió entre dientes, complacido, y se sentó junto a Danny. "Bueno, entonces no podía perderme la diversión", comentó, mirando de reojo a Danny antes de centrar su atención en Callum".

"Hola, guapo. Me llamo Albert Matthew Guzmán y soy el mejor amigo y socio comercial de Danny. Por favor, llámame, Albert, y dime, Liam Callum, ¿cómo conoces a este alborotador? ¿Existe una señora Callum?".

Callum sonrió ante el tono burlón de Albert, sus ojos brillaban de diversión. "Ah, bueno, Albert, digamos que Danny tiene un don para meterse en situaciones interesantes", respondió Liam crípticamente, compartiendo una mirada cómplice con Danny.

"En cuanto a tu segunda pregunta..." hizo una pausa, con un brillo juguetón en sus ojos mientras miraba a Albert. "De hecho, existe una señora Callum, aunque es mucho mejor manteniéndome a raya que yo resolviendo misterios".

El detective Callum se rió entre dientes; su expresión era cálida y afectuosa. "Pero ya basta de hablar de mí. ¿Qué te trae por aquí esta mañana, Albert? ¿seguramente no solo para rescatar a Danny de mis interrogatorios?".

"¿Interrogatorios? ¿Eres policía?", soltó Albert, olvidando por un momento su extravagancia. La pregunta quedó flotando en el aire, rompiendo la tensa actitud juguetona y reemplazándola por una fuerte corriente subyacente de miedo. Echó una mirada furtiva a Danny, buscando alguna explicación, alguna pista de lo que estaba sucediendo. Su propia llegada parecía repentina e irrelevante, atrapada en medio de esta revelación inesperada.

"Permíteme presentarme. Soy el detective Liam Callum de la policía local. Estoy a tus órdenes".

Albert miró a Danny y luego al detective Callum y no pudo evitarlo. "¿De qué estás acusando a mi dulce Danny? Sea lo que sea, es inocente. Inocente, te lo aseguro".

El detective Callum arqueó una ceja ante la apasionada defensa que Albert hizo de Danny, con una leve sonrisa en sus labios.

"Tranquilo, Albert", dijo, levantando una mano en un gesto de apaciguamiento. "Nadie acusa a nadie de nada todavía".

El detective Callum se reclinó en su silla, con expresión pensativa. "Pero no estaría de más charlar un rato, ya sabes, para aclarar algunas cosas".

Danny le lanzó a Albert una mirada tranquilizadora, instándolo en silencio a mantener la calma. Albert respiró profundamente, con sus instintos protectores todavía en alerta máxima. "Muy bien, detective Liam Callum", dijo, con voz firme pero mesurada. "Pero te vigilaré. Danny es mi amigo y no toleraré ningún trato injusto. Ni siquiera de una criatura tan hermosa como tú".

"Entiendo, Albert. ¿Por qué estás aquí hoy?".

Antes de que Albert pudiera responder, Danny intervino.

"Albert, quiero que sepas que el detective Callum y el detective jefe Cassell tuvieron una conversación anoche sobre mí, y estoy seguro de que ambos hablaron de nuestros encuentros con Cassell. ¿Estoy en lo cierto, detective?".

Albert estaba a punto de perder los estribos y soltar una tontería cuando el detective Callum dijo: "Entiendo tu preocupación, Danny", con un tono comprensivo. "Pero a veces, tenemos que filtrar mucho ruido para llegar a la verdad". Hizo una pausa y su mirada se movió entre Albert y Danny.

"Las acusaciones de Cassell pueden no tener fundamento, pero estoy aquí para asegurarme de que todo salga a la luz. Si ambos son inocentes, entonces no hay nada de qué preocuparse". Su voz tenía un tono tranquilizador, aunque sus ojos reflejaban una determinación férrea. "Así que, hablemos de eso, ¿de acuerdo? Y, con suerte, podremos dejar todo esto atrás".

Albert miró a Danny, y Danny simplemente asintió.

"Está bien, detective, haz lo que quieras conmigo", replicó Albert.

Danny no pudo evitar sonreír ante el acercamiento de Albert al detective, pero el detective Callum tomó con calma el comentario de Albert.

"Mi pregunta original, Albert. ¿Por qué estás aquí hoy?".

Albert miró a su alrededor y no vio a nadie y no pudo evitar preguntar: "¿Este es un bar donde te sirves tú mismo? ¿Puedo tomarme una bebida?".

"No, Albert," dijo Danny. "Escuchemos al detective Callum y luego te llevaré a un almuerzo y a unas copas. ¿De acuerdo?".

"Eso suena maravilloso, Danny", dijo Albert, mirando al detective. "Bien, saquemos de en medio este momento incómodo, detective Callum".

Durante los siguientes veinte minutos, Callum les hizo preguntas a Albert y Danny sin problemas. Tomaba algunas notas rápidas en su cuaderno a medida que encontraba una respuesta interesante. Tanto

Albert como Danny respondieron todas las preguntas sin dudarlo, lo que le dio un poco de consuelo al detective Callum, ya que, según su experiencia, cada individuo tiene cuatro formas distintas de responder a una pregunta.

Cuando las personas dan respuestas rápidas y directas, los detectives pueden interpretarlo como una señal de cooperación y honestidad. La persona puede ser sincera porque no tiene nada que ocultar y quiere ayudar en la investigación. La experiencia del detective Callum ha demostrado que se trata de una cuestión de probabilidades de 50-50. Algunas personas son simplemente buenas mintiendo y haciendo que parezca que es verdad.

Si las respuestas parecen demasiado ensayadas o preestablecidas, la experiencia del detective Callum ha demostrado que las res-puestas rápidas son una señal de que la persona estaba preparada para el interrogatorio. Este no parece ser el caso ni de Danny ni de Albert.

A veces, las personas responden las preguntas rápidamente debido al nerviosismo o la ansiedad. Una vez más, ni Danny ni Albert se apresuraron a responder.

Por último, algunas personas pueden intentar mostrarse cooperativas dando respuestas rápidas mientras evitan o manipulan sutilmente ciertas preguntas para ocultar la verdad. Ese no fue el caso en esta ocasión, concluyó el detective.

Después de tomar algunas notas más, Callum le preguntó a Danny:

"Danny, ¿tienes alguna idea sobre el robo del reloj del señor Reynolds?".

Albert miró a Danny con curiosidad. "¿Quién es ese señor Reynolds Danny?".

"Uno de los huéspedes. Denunció el robo de su reloj Tag Heuer Carrera a los dueños de la posada, y ellos llamaron al detective Callum anoche y los dueños, Samuel y Gertie, mantuvieron una reunión al estilo de Hércules Poirot esta mañana antes de la reunión y el detective Callum entrevistó a todos. Los dueños de la posada, el personal de la posada y todos los huéspedes, siendo yo el último, cuando entraste".

"Danny, ¿cuántas veces tengo que decirte que no entro en una habitación como si nada? Simplemente me presento de la mejor manera".

"Está bien, Albert. Para responder a tu pregunta, detective Callum, tengo algunas sospechas, pero necesito estar seguro. Cuando esté listo, a menos que descubras al culpable primero, me pondré en contacto contigo".

El detective Callum se levanta y, mirando a Danny y Albert, dice: "Caballeros, los dejo por ahora. Por favor, mantengan esta conversación entre nosotros".

Danny y Albert se miran y se preguntan a qué conclusiones llegó el detective.

Capítulo 34

Cebo

Danny y Albert esperaron hasta que el detective Callum salió del restaurante y Albert se puso a hacer preguntas: "Danny, mi príncipe. El detective Liam Callum parece más inteligente que el detective principal Cassell. ¿Por qué está perdiendo el tiempo contigo y ahora conmigo como sospechosos de este pequeño robo de relojes?".

"En primer lugar, Albert, no se trata de un reloj pequeño. El reloj que falta es un TAG Heuer Carrera, una obra maestra de ingeniería de precisión y diseño atemporal y creo que, dependiendo del estilo del reloj, se vendería por entre 10.000 y 40.000 dólares".

"En segundo lugar, el huésped en cuestión, el señor Reynolds, ha sido todo un personaje. Se ha tomado el tiempo de hablar con todo el personal, ha hecho preguntas sobre los huéspedes y ha desayunado o cenado con ellos y, como me dijo un huésped, les ha estado 'sorprendiendo' para que les diera información".

"En tercer lugar, el personal de la posada ha declarado, con frecuencia, que el señor Reynolds parece salir o entrar en la habitación de otra persona, y se detiene cuando la ve y actúa como si la vejez estuviera afectando su mente y estuviera confundido en cuanto a su habitación. Te diré, Albert, que el señor Reynolds tenía una mente racional cuando hablamos. No creo que tenga ningún problema cognitivo como él dice".

"En cuarto lugar, cuando lo conocí y me senté a cenar con él, me di cuenta de que llevaba lo que creo que era maquillaje o corrector. Sé que algunos hombres se maquillan", le dio una rápida mirada a Albert y asintió, "pero no pensé que fuera ese tipo de hombre. Tal vez era simplemente vanidoso y quería parecer más joven".

"No veo nada de malo en que los hombres usen maquillaje. De hecho, a algunas de nosotras nos va muy bien usándolo".

"Por supuesto, Albert, lo entiendo, pero no me dejaste terminar mi punto".

"Por favor, continúa, papi".

"Yo también tuve la sensación de que alguien había estado en mi habitación. Cuando caminé por la habitación, vi un pétalo en el suelo y tenía una mancha. Parecía maquillaje o un corrector".

"Por último, su ocupación anterior podría ser otra pista".

"¿Qué quieres decir con eso, Danny? ¿Qué te indica su ocupación anterior o qué te da una pista que lo convierta en sospechoso?".

"El Sr. Reynolds solía ser propietario de Nullica Security Service, que brindaba servicios de seguridad residencial estándar a los hogares de las personas y, unos años más tarde, se hizo cargo de Nullica Locks and Safes cuando el propietario tuvo un ataque cardíaco y la familia necesitaba vender rápidamente".

"¿Eso lo convierte en sospechoso, Danny? No lo creo. Según este recuento, cuando te pedí que investigaras sobre alarmas de autos o sistemas de seguridad de puertas, eso también te convertiría en sospechoso, ¿cierto?".

"Tienes razón, Albert. Eso nos convertiría a ti y a mí en sospechosos, y así fue, de lo contrario, el detective principal Malcolm Cassell no se habría interesado tanto en nosotros por nuestros planes pasados".

Albert dejó que las palabras de Danny se asimilaran. No podía negarlo. El detective Cassell tenía razón. Sus problemas financieros pasados, seguidos de una repentina oleada de riqueza que les permitió pagar todo en efectivo, los convertía en los principales sospechosos. El dolor de la acusación persistía. El estilo de vida ostentoso de Albert, alimentado por su negocio, siempre había en-mascarado una realidad más precaria. No era de extrañar que Cassell viera a través de su fachada y sospechara de ellos. Su rápido pago de deudas y sus negocios en los que solo se pagaba en efectivo, aunque eran un testimonio de su ajetreo, ahora proyectaban una sombra larga y sospechosa de la que tal vez nunca pudieran escapar por completo.

Bueno, lo hecho, hecho está, pensó Albert mientras se volvía hacia Danny y le preguntaba: "Está bien, Danny, ¿y ahora qué?".

"Ahora vamos a almorzar y le tenderemos una trampa al señor Reynolds".

"Me gusta la parte del almuerzo, pero ¿cómo hacemos esta trampa que mencionas, Danny?".

"Eso es fácil, Albert".

"¡Dime corazón!".

"Tú eres el cebo".

El extravagante y vibrante atuendo morado de Albert se atenuó un poco cuando Danny dijo eso.

Capítulo 35

De Compras

"Danny, cariño, ¿qué quieres decir con que soy el cebo?". Danny le hizo un gesto a Albert para que se levantara de la mesa.

"Vamos, Albert. Vamos a dar un paseo rápido".

"Pero no me he registrado. Necesito refrescarme después de conducir hasta aquí".

"Albert, trajiste tu Bentley hasta aquí, ¿verdad?".

"Sí, querido. Está afuera. ¿Por qué?".

"No necesitas refrescarte. El Bentley se aseguró de que estuvieras lo más fresco posible durante tu viaje hasta aquí. Ahora vámonos. Tengo un plan que necesito organizar y explicarte".

Mientras Danny y Albert se dirigen a la salida, Danny ve a Abe Reynolds en el mostrador de recepción, hablando con Samuel.

"Perfecto. Sigue mi ejemplo, Albert, y no exageres".

Haciendo una mueca, Albert simplemente responde guiñándole un ojo a Danny: "Pero cariño, si no actúo exageradamente, ¿cómo sabrás cuánto me importas de verdad?".

"Hola Samuel, Abe. Él es mi querido amigo Albert Matthew Guzmán, el dueño de la mejor peluquería de Sídney. Albert, este es Samuel, uno de los dueños de la posada, y el señor Abe Reynolds, uno de los huéspedes".

Albert debe haber leído la mente de Danny, ya que extiende su mano con gracia, con la palma ligeramente hacia abajo y los dedos suavemente extendidos. Mientras se encuentra con la mirada de Abe con una cálida sonrisa, le ofrece su mano con un movimiento sutil pero seguro, invitándolo a estrecharla entre las suyas. Con un gesto sereno y deliberado, transmite igual respeto y amabilidad. Abe le echa una mirada rápida a Albert y no puede evitar notar su reloj y lo señala.

"¡Dios mío! ¿Es este un Rolex Day-Date 2022 de oro amarillo con bisel de diamantes? Es una obra maestra de la relojería. Es exquisito y luce maravilloso en su muñeca, señor Guzmán".

Como si fuera una señal, Albert interviene.

"¿Esta cosita? Cariño, tengo una pequeña colección con la que viajo todo el tiempo. Nunca sabes lo que te vas a poner y debes estar preparada para combinar en cualquier momento. Eso es lo que mi madre siempre me enseñó, señor Reynolds".

"Por favor llámame, Abe".

Con una gran sonrisa en su rostro, Albert le guiña un ojo a Abe y dice: "Y debes llamarme Albert".

"Señor Guzmán, todavía no se ha registrado y su habitación está lista. ¿Le gustaría registrarse ahora? Puedo pedirle a Robert que lleve sus maletas al piso de arriba".

"No hace falta, Samuel. Voy a llevar a Albert a almorzar al 'Seashell Café' y podrá registrarse más tarde. Lo ayudaré con las maletas cuando regresemos".

"Está bien, Danny. Señor Guzmán, regístrese cuando regrese", dijo Samuel, mirándolo de forma extraña, algo que Albert notó, pero a lo que no reaccionó.

"Abe, siempre es un placer hablar contigo. ¿Quizás podamos cenar los tres juntos algún día?".

"Claro, Danny. Dime el lugar y la hora. Me encantaría saber más sobre la peluquería de tu amigo. Suena maravillosa".

"Es, en efecto, magnífica, Abe. Sencillamente magnífica", respondió Albert una vez más, extendiendo su mano hacia Abe Reynolds, quien la tomó y la estrechó. Abe casi parecía que iba a inclinarse ante Albert y a besarle la mano, pero se contuvo.

"Nos vemos cariño", dijo Albert mientras Danny y él caminaban hacia el Bentley de Albert.

"Albert, te dije que no exageraras con el acto".

"Simplemente estaba siendo yo, Danny. Ya sabes, dulzura, simplemente maravilloso", respondió Albert con una sonrisa pícara.

"Albert, tú conduces. Te daré indicaciones, pero primero tengo que llamar a Toni para ver si puede reunirse con nosotros para almorzar en la cafetería".

"¿Toni? ¿Voy a conocer a la encantadora Toni?".

"Si ella puede venir, sí, lo harás".

Danny y Albert suben al Bentley y Danny le da a Albert el nombre del lugar al que quiere ir primero y la dirección.

"Este no parece un lugar para almorzar, ¿Danny?".

"Solo tienes que introducirlo en el GPS y conducir. Necesito ponerme en contacto con Toni".

"Claro, cariño. Me encanta cuando eres tan dominante", responde Albert riendo a carcajadas.

Mientras Albert introduce la dirección en el GPS y pone en marcha el coche, Danny marca rápidamente el número de Toni.

"Hola, forastero. Me preguntaba cuándo llamarías".

"Toni, estoy en el auto de un amigo, yendo a Bahía de Cristal para hacer algunas compras. ¿Podemos reunirnos en, digamos, una hora, en el 'Seashell Café' para almorzar?".

"Sí, cuenten conmigo. Puedo estar allí en una hora. ¿Quién es ese amigo, por cierto?".

"No solo es mi amigo, sino también mi socio comercial. Albert Matthew Guzmán. Creo que deberías conocerlo, porque me va a ayudar a resolver el asunto del reloj robado en el 'Poplar Inn'".

"¿Es él? ¿Es un policía o un detective?".

Danny mira a Albert, que conduce hacia Bahía de Cristal con una sonrisa en su rostro, ajeno a la conversación y nuevamente simplemente reafirma.

"No, Toni. Él es el cebo".

"¿El cebo? No lo entiendo".

"Por eso nos reunimos para almorzar. ¿Nos vemos pronto?".

"Puedes apostarlo".

Capítulo 36

No Es Una Mala Idea

Albert se detiene frente a la tienda, apaga el auto y mira a Danny.

"Danny, cariño, ya estamos aquí. ¿Qué estamos haciendo en esta pequeña tienda de electrónica?".

"Albert, vamos a comprar una cámara espía para ver quién entra a robarte el reloj cuando lo guardas en el cajón de la mesilla de no-che. Por eso tú eres el cebo, o mejor dicho, tu reloj lo es".

Albert mueve rápidamente su mano izquierda cerca de su pecho como si estuviera protegiendo el reloj y comienza a hacerlo sonar. "¿Mi reloj? Oh, no, cariño. Este reloj perteneció a mi abuelo y me lo regaló mi abuela Lucía Martínez Gutiérrez Guzmán. Es un reloj de pulsera Rolex Day-Date 2022 de incalculable valor de principios de los años 60. Lo hice tasar en $52,000.00 el año pasado. De ninguna manera voy a usarlo como cebo. ¡No, no, no!".

Danny casi comienza a reír, pero se contiene y simplemente mira a Albert.

"¿Tu abuela te dio el reloj?".

"Sí, dulzura, lo hizo".

"¿Estás seguro de que no adquirimos este reloj durante una de nuestras incursiones en el mundo de las adquisiciones? ¿No cayó en nuestras manos? No creo que fuera de tu abuela. Demuéstrame que estoy equivocado, Albert".

Albert miró a Danny y no pudo evitar sonreír. "Danny, cariño, me has atrapado. Fue una adquisición, sin duda, pero no se trata solo del reloj. Mira este reloj. Debería haber pertenecido a mi familia. Es como una conexión con mis antepasados. Este reloj podría haber pertenecido a mi abuelo, un símbolo de su arduo trabajo y dedicación. Creo que honraría su legado y preservaría una parte de nuestro patrimonio para las generaciones futuras si él hubiera tenido el reloj antes de que lo adquiriéramos. Es más que un simple reloj; es un tesoro con un valor sentimental incalculable".

"Albert, me dijiste que tu familia es dueña de una pequeña plantación de plátanos en Colombia. Nosotros robamos ese reloj. Nunca estuvo en tu familia".

"Danny Amor, ésa no es la cuestión. La cuestión es que debemos manejar esta situación con delicadeza. Se lo dije a todo el mundo y, como artista soberbia y exquisita, tanto en peinados como en forma, he llegado a creerlo así. En mi mente, este reloj realmente perteneció a mi abuelo y es parte de la historia de mi familia, y el hecho de que crea en este punto tan firmemente es todo lo que importa. Dios mío, hijo mío, podría pasar una prueba de detector de mentiras si fuera necesario y dar fe de esto. Creo que es así. Debemos asegurarnos de que podamos recuperarlo después de tu plan loco".

"Albert, te estás pasando de la raya con esto. Solo necesito que lo coloques en el cajón de la mesita de noche. Es un cebo. No saldrá de tu habitación. Lo estaré vigilando mientras estemos en el barco para asegurarme de que no salga de tu cuarto".

"Promételo cariño ¿Te ocuparás del reloj de mi abuelo?".

"Tu abuelo… Sí, Albert, miraré y me aseguraré de que no le pase nada al reloj de tu abuelo. Ahora vamos a ver a Toni. Ella también tiene un papel que desempeñar en este plan".

"Mira, cariño, hasta te he convencido de que era el reloj de mi abuelo. Ah, soy tan bueno con mis representaciones teatrales, ¿no es así?".

"Sí, eres perfecto. Ahora espera aquí mientras compro la cámara".

No pasó mucho tiempo. La pequeña tienda de electrónica de Crystal Cove tenía un sitio web y Danny había buscado en Internet lo que necesitaba. Nada sofisticado, pero lo suficientemente potente como para hacer lo que quería que hiciera la cámara. En menos de quince minutos, Danny estaba sentado junto a Albert en el coche.

"¿Eso es todo? ¿Lo hiciste? ¿Compraste lo que necesitabas? ¿Puedo verlo?", insistía Albert a Danny, emocionado.

Danny no le respondió a Albert, pero colocó una nueva dirección en el sistema de navegación del Bentley.

"Vamos Albert, cuando lleguemos a la casa de Toni, les mostraré a ambos lo que compré".

Danny podría jurar que Albert tenía cara de enfado, pero lo único que dijo fue: "A veces eres tan malo conmigo, Danny. Está bien, esperaré hasta que lleguemos a casa de tu novia".

"Toni no es mi novia, Albert. Amiga, sí, pero ni siquiera hemos hablado de llevar nuestra relación a ese nivel".

"¿No lo han hablado? ¿Piensas hacerlo? ¿Necesitas mi ayuda? Soy excepcionalmente bueno para conseguir que la gente exprese sus sentimientos".

"Conduce el auto Albert. Deberíamos llegar en diez minutos. Necesito un momento de tranquilidad para pensar cómo abordar a Toni, explicarle el papel que necesito que desempeñe, y luego a Samuel y, finalmente, cómo involucrar al detective Liam Callum".

"Oh, me gusta ese detective Liam Callum. Es un bombón".

"Albert, tranquilo, sólo conduce y déjame pensar".

"Me encanta cuando eres contundente. Ahora seré bueno y silencioso como un ratón y tan discreto como un susurro".

Danny mira a Albert y éste ahora se concentra completamente en conducir.

Al llegar a casa de Toni, Danny ya había formulado su plan y estaba seguro de que funcionaría. Todo lo que tenía que hacer era compartirlo con Toni y dejar que ella tomara la iniciativa.

Danny llama a la puerta de Toni y ella le abre con la sonrisa más grande que Danny haya visto jamás y eso lo llena. Como siempre, el atuendo de Toni irradia un aura veraniega, ya que luce con elegancia un vestido ligero con los hombros al descubierto. El vestido, con su diseño de hombros al descubierto, acentúa sus clavículas y hombros, dándole un toque de seducción a su conjunto.

La tela fluye libremente, captando la luz en cada uno de sus movimientos, creando un encanto etéreo sin esfuerzo.

Toni complementa el vestido a la perfección con un accesorio minimalista, como un delicado collar, que permite que el vestido siga siendo el centro de atención de su atuendo. Su cabello, peinado hacia atrás en ondas sueltas, le aporta un aire desenfadado y elegante a su estilo general.

Es simplemente adorable, pensó Danny mientras intentaba tomar su mano, pero Albert se interpuso entre ellos.

"Danny, ¿ésta es la Toni de la que me has estado hablando con tanta elocuencia estos últimos días? Es tan encantadora. Mira qué pelo tiene. No necesita ayuda profesional. Es perfecta, simplemente perfecta, hijo mío. ¡Qué suerte tienes de encontrar una joya así en esta pintoresca aldea!".

"Toni, este es Albert Matthew Guzmán, mi mejor amigo y socio comercial. Albert, esta es Toni Webster, mi amiga".

"Vamos, Danny, ¿tu amiga? No, no es así como me describiste a Toni. Dijiste que es una hechicera que te embruja, que te atrae hacia su mundo con cada palabra y cada gesto, y que te encanta".

Danny se quedó estupefacto. Como siempre, Albert se lanza a la acción sin preocuparse de lo que dice ni a quién se lo dice. ¿Cómo iba a reaccionar Toni ante esta última declaración suya?

"¡Ay, ay! Ahora soy una hechicera que teje su hechizo, atrayéndote a mi mundo con cada palabra y gesto que digo y hago, y te encanta. ¿Es así, Danny? ¿Te encanta?".

"Bueno, sí, claro que sí Toni, pero escucha, ¿podemos entrar? Necesito repasar algo contigo que requiero que hagas para ayudarme a tenderle una trampa al posible ladrón del reloj del señor Reynolds".

"Por supuesto, caballeros, por favor pasen", dice Toni mientras les hace un gesto para que entren.

Mientras Danny sigue a Albert a la casa de Toni, solo puede pensar que su relación con Toni se está acelerando más rápido de lo que tenía en mente y, tal vez no era una mala idea.

Capítulo 37

Llorando Como Un Bebé

Albert entra primero y, tras dar unos pasos, se da la vuelta y exclama: "Toni, cariño, qué sitio más bonito tienes. ¿La decoración la has hecho tú o has contratado a alguien? Este sitio es una maravilla. Un deleite para la vista".

"Me encantaría llevarme todo el mérito, pero solo puedo llevarme parte de él, Albert. Contraté a un arquitecto y a un diseñador de interiores, pero mucho de lo que ves son ideas mías, solo que expuestas de manera profesional".

"Cariño, eres muy sincera. Me encanta eso de ti. Podrías haberme dicho una mentira y no dudaría en creerte".

"Yo no soy así. Siempre he defendido la honestidad al cien por ciento".

Albert mira a Danny rápidamente y asiente como si quisiera decir: "Ves, Danny, tienes que contarle todo pronto".

"Bueno, ya basta de esta adoración mutua, ustedes dos. Necesito repasar mi idea. Vengan, déjenme mostrarles lo que compré y que nos ayudará a atrapar al ladrón".

Al abrir la bolsa de la tienda de electrónica, Danny saca un detector de humo.

"Cariño, ¿esto es lo que compraste en la tienda de electrónica? ¿Compraste un detector de humo?".

"No, es una cámara espía wifi con detector de humo ficticio. Tiene alta definición y puede realizar muchas funciones potentes, como visualización remota de video en vivo, detección del cuerpo humano mediante PIR, detección de movimiento, grabación de video en alta definición y tiene visión nocturna automática".

"Entonces, ¿dónde lo vas a poner Danny?", preguntó Toni.

Danny agarra la mano de Albert y le muestra a Toni el reloj que lleva Albert puesto.

Toni hace una mueca como para entender y entonces se le enciende la bombilla.

"Es un reloj exquisito, Danny. ¿Estás proponiendo que Albert lo deje en su habitación, a mano, para que quien haya robado el reloj del señor Reynolds pueda llevarse este también?".

"Sí y no. No quiero que sea demasiado evidente para que el ladrón no sospeche, pero aquí es donde entras tú en la trama".

"¿Yo? ¿Qué tengo que hacer?".

"Necesito que le des mucha importancia a este reloj mañana por la mañana durante el desayuno, cuando Albert esté sentado con el señor Reynolds en su mesa".

"¿Mañana por la mañana? ¿Qué voy a hacer allí por la mañana? Me he tomado estos días libres para pasarlos contigo".

Danny sonrió y dejó escapar una pequeña risa.

"Toni, no vas a trabajar, vas a venir a buscarme a mí y a Albert para pasar un día de excursión en el océano. Luego, vas a hacer un gran alboroto por este reloj delante del señor Reynolds y Albert hará su actuación, sobre la historia del reloj y su valor. Luego, cuando Albert termine su historia, que espero que no sea larga, se asegurará de mencionar que no confía en las cajas fuertes de los hoteles y que normalmente guarda sus objetos de valor en una mesita de noche debajo de algo, un libro o un pañuelo, y nunca ha tenido ningún problema".

"Danny, mi bombón. ¿Por qué mi reloj? ¿Por qué no el tuyo? Es igual de bonito".

"Albert, ya hemos hablado de esto. Creo que tu reloj es algo a lo que el ladrón no podrá resistirse cuando lo vea en tu muñeca".

"Danny, ¿Acaso parece que sabes quién es el ladrón? ¿Lo sabes?", preguntó Toni.

"Tengo una fuerte inclinación, pero este detector de humo falso lo captará todo mientras estemos en nuestro viaje por el océano".

"Cariño, si estamos en un barco en algún lugar del océano, ¿cómo evitamos que el ladrón huya con mi reloj?".

"Simple. Solicitamos la ayuda de Samuel y Gertie y la experiencia del detective Liam Callum, pero los necesitaremos un poco más adelante. No creo que el ladrón se lleve el reloj de Albert y salga corriendo del 'Poplar Inn' de inmediato".

"Entonces, también los estás involucrando en este asunto. Danny, si lo sabes, ¿por qué no nos lo dices a nosotros y al detective y dejas que él se encargue de todo?", preguntó Toni.

"Toni, antes de decirte por qué estoy metiendo a Samuel, Gertie y al detective en esta trampa, hay algunas cosas que necesito compartir contigo si nuestra situación actual se va a convertir en algo más serio".

"¿Ponerse más serio? ¿Qué estás diciendo, Danny?", pregunta Toni sorprendida.

"Esa es mi señal para alejarme", dijo Albert, pero Danny lo agarró del brazo y lo tiró hacia atrás en su asiento.

"No Albert, tú tienes que quedarte aquí, porque tú también eres parte de la historia y Toni tiene que saberlo todo".

Albert responde: "¿Todo?", con voz temblorosa, pero permanece sentado en silencio.

"Sí, ella necesita saberlo todo. Déjame empezar desde el principio…"

Toni escuchó a Danny explicar cómo él y Albert se conocieron y comenzaron su "negocio de adquisiciones" paralelo, que no era más que un robo a gran escala. Mientras la voz de Danny detallaba su primer encuentro y cómo Albert ayudó a Danny a entrar en el negocio de las librerías, Toni no pudo evitar sentir una mezcla de intriga e inquietud. Conocía a Danny desde hacía apenas unas semanas, pero esta revelación sobre sus actividades ilícitas con Albert arrojó nueva luz sobre su carácter.

Sentada frente a Danny, Toni observó sus gestos animados y el brillo de sus ojos mientras relataba los inicios de su empresa. Según él, todo empezó de forma bastante inocente: algunos pequeños planes aquí y allá para llegar a fin de mes, ya que, como él decía: "El comercio minorista es un negocio en el que es difícil obtener beneficios". Pero a medida que saboreaban el éxito, sus ambiciones crecieron y los llevaron a adentrarse más en el mundo del crimen. Toni no podía quitarse de la cabeza la idea de que había estado ajena a ese aspecto de la vida de Danny y no podía evitar preguntar hasta qué punto él se había involucrado.

Mientras Danny profundizaba en los intrincados detalles de sus operaciones, la mente de Toni se llenaba de pensamientos contradictorios. Por un lado, estaba fascinada por la audacia y la astucia que Danny y Albert habían demostrado en sus actividades criminales. Por otro lado, no podía librarse del dilema moral que le carcomía la conciencia. Siempre se había enorgullecido de su integridad y su apego a la ley, pero ahora se sentía incómodamente cerca de individuos que vivían al otro lado de ella. A medida que avanzaba la historia, Toni luchaba con el peso de lo que había descubierto, insegura de dónde estaba su lealtad y qué acciones debía tomar a continuación, cuando Danny simplemente interrumpió su historia y le dijo: "Toni, lamento mucho no haberte contado esto antes, pero me he encariñado tanto contigo que simplemente no podía seguir sin decírtelo porque no quería que te encariñaras demasiado y luego te rompiera el corazón. Puedo asegurarte que tanto Albert como yo ya no estamos en el negocio de las adquisiciones".

Albert estaba sorbiendo un poco la nariz y había sacado su pañuelo con monograma y estaba dejando que el pañuelo absorbiera una o dos lágrimas que salían de sus ojos.

Toni se quedó sentada allí, reflexionando tranquilamente sobre lo que acababa de oír. A pesar de la inquietante revelación de las actividades delictivas pasadas de Albert y Danny, Toni se sintió desgarrada por emociones contradictorias. Si bien su sentido de la moralidad la instaba a distanciarse de un individuo que tenía tratos tan ilícitos, su amor por Danny era profundo, nublando su juicio con una lealtad inquebrantable. Cuando lo miró a los ojos, vio más que un hombre con un pasado problemático; vio a la persona que amaba, con defectos y todo. A pesar de los riesgos y las incertidumbres, Toni decidió apoyar a Danny, eligiendo creer en la posibilidad de redención y en un futuro no contaminado por su turbio pasado. Con una mezcla de inquietud y devoción inquebrantable, tomó la mano de Danny y le preguntó:

"¿Esas actividades que mencionaste se han detenido?".

"Sí, señora", respondió Albert y rápidamente se dio cuenta de que no era a él a quien le hizo la pregunta.

Danny comenzó, con voz firme pero teñida de vulnerabilidad: "Toni, sé que mi pasado está lleno de errores y arrepentimientos, pero te juro que esos días ya quedaron atrás. Todo lo que quiero decirte es que esta vida pasada quedó atrás para mí y para Albert, y quiero comenzar contigo a mi lado. Eres mi luz y ya no quiero vivir con este pasado oscuro. Quiero construir algo real, algo de lo que podamos estar orgullosos juntos, y estoy listo para demostrártelo todos los días".

Mientras hablaba, Toni sintió que una oleada de esperanza y tranquilidad la invadía. Pero Danny no sabía todo sobre ella poque no había compartido ningún suceso terrible de su pasado. Toni se sentía confundida. ¿Era amor o atracción? Si era amor, sentía que tal vez, sólo tal vez, ese amor podría conquistar las sombras de su pasado.

Como si fuera una señal, Albert, lleno de emoción, comenzó a llorar como un bebé.

Capítulo 38

Los Tres Mosqueteros

Albert seguía llorando como un bebé de dos meses queriendo que Danny le diera de comer, se acercó a él y, tomando una de las almohadas del salón, le golpeó en la cabeza.

"Danny, corazón, ¿por qué hiciste eso? ¿No ves que son lágrimas de alegría?".

Mientras Toni observaba la interacción entre Danny y Albert, su mente se llenaba de emociones contradictorias. Siempre había considerado que su relación con Danny podría convertirse en algo especial y él le acababa de decir que quería construir algo juntos.

Repasó mentalmente los momentos que habían pasado juntos y se dio cuenta de que sus sentimientos por él eran más profundos que la simple amistad. Era una constatación que la emocionaba y la aterrorizaba al mismo tiempo. ¿Cómo podía involucrarse con un hombre así? Un criminal. ¿Había estado él, Albert o ambos en prisión? ¿Tenían más equipaje? Y lo que era más importante, ahora que lo sabía, ¿qué se suponía que debía hacer al respecto?

Cuanto más pensaba Toni en sus nuevos sentimientos por Danny, más comprendía su importancia. No se trataba de un simple enamoramiento pasajero o un flechazo fugaz. Era algo profundo, algo que había ido creciendo silenciosamente en su interior durante esos días. El tiempo que habían pasado juntos había sido especial, casi mágico. ¿Podía algo como el amor moverse tan rápido? ¿Era amor o atracción? Danny dijo que quería construir algo juntos. ¿Sentía ella lo mismo por él?

Sí, se había enamorado de ese hombre complicado. Ya no podía ignorarlo más. Pero junto con la comprensión de su amor por él llegó otra verdad que había estado guardando enterrada en lo más profundo de sí misma: un secreto que sabía que tenía que compartir con él, sin importar las consecuencias. Le pesaba mucho en el corazón y amenazaba con consumirla si no encontraba el coraje para hablar.

De repente, Toni se levantó y empezó a caminar de un lado a otro, ensayando las palabras que quería decirle a Danny. Sintió que una sensación de vulnerabilidad la invadía. Se dio cuenta de que esto hizo que tanto Danny como Albert dejaran de discutir y la observaran caminar de un lado a otro.

Hablar de sus sentimientos era una cosa, pero revelar su secreto era un desafío completamente diferente. Temía cómo reaccionaría él, si la seguiría viendo de la misma manera después. Pero sabía que no podía seguir ocultándole esa parte de sí misma. Si su amistad, su nueva y floreciente relación romántica, significaba algo para ellos, tenía que ser honesta, incluso si eso significaba arriesgarlo todo.

Con una respiración profunda, Toni toma una decisión. Le diría a Danny la verdad, sin importar lo difícil que fuera. No podía seguir negando sus sentimientos por él, ni podía seguir cargando sola con el peso de su secreto. Por más nerviosa que estuviera por su reacción, sabía que la honestidad era el único camino a seguir. Pasara lo que pasara a continuación, lo enfrentaría con coraje y esperanza, sabiendo que no podría avanzar verdaderamente hasta que le hubiera dejado su corazón al descubierto.

El corazón de Toni se aceleró mientras se sentaba de nuevo en el sofá con Danny, su mente luchaba con el peso del secreto que estaba a punto de revelar. Nunca había hablado de esto con nadie, ni siquiera con su madre, pero sabía que no podía mantenerlo enterrado por más tiempo. Respiró temblorosamente y se encontró con la mirada de Danny, preparándose para su reacción. "Danny", comenzó, su voz temblando por la emoción, "hay algo que necesito decirte, algo que he mantenido oculto durante años". El ceño de Danny se frunció con preocupación mientras se inclinaba más cerca, instándola silenciosamente a continuar. "Cuando era adolescente", continuó Toni, su voz apenas por encima de un susurro, "yo... maté a mi padrastro".

Las palabras quedaron flotando en el aire mientras Toni observaba cómo la expresión de Danny pasaba de la confusión a la conmoción. Abrió la boca para hablar, pero no le salieron las palabras; su mente luchaba por comprender la enormidad de lo que acababa de confesar. Toni insistió, con voz firme, mientras relataba los acontecimientos de esa fatídica noche, el miedo y la desesperación que la habían llevado a tomar una medida tan drástica. Explicó que su padrastro había sido abusivo, que ella y su madre había soportado su crueldad durante años, hasta que una noche, cuando él la estaba golpeando, ella se enojó, incapaz de soportarlo más, y lo apuñaló con un cuchillo de cocina.

Toni explicó que todo sucedió tan rápido que ni siquiera se dio cuenta de que había cogido el cuchillo y se lo había clavado en el corazón. El hombre se desplomó y murió allí mismo, en el suelo de la cocina.

Tan pronto como comprendió lo que había hecho, llamó a su madre para que viniera desde el café y, cuando llegó Cecilia, le contó con detalle lo que había sucedido.

La pareja decidió que tomarían el cuerpo y lo arrojarían al lago Whispering Pines después de colocarle peso y, hasta el día de hoy, no lo habían encontrado. Si alguien alguna vez les hubiera preguntado, Cecilia y Toni simplemente habrían dicho que él se había ido furioso y las había dejado solas.

Cuando Toni terminó su confesión, se preparó para la reacción de Danny, sin saber cómo respondería a semejante revelación. Pero, para su sorpresa, no había juicio en sus ojos, solo una profunda tristeza y compasión. Sin decir palabra, él extendió la mano para tomarla entre las suyas, ofreciéndole el apoyo silencioso que ella necesitaba tan desesperadamente en ese momento. Toni lo miró a los ojos. Sabía que había tomado la decisión correcta al confiar en él, que ya no estaba sola cargando con el peso de su pasado.

Albert se acercó rápidamente y abrazó a Toni.

"Mija, has llevado esta carga todos estos años. Yo, por mi parte, sé de secretos y, aunque no voy a compartirlos aquí, me alegro mucho de que hayas compartido los tuyos con nosotros. Quedará sólo entre nosotros. ¿Verdad, Danny?".

Danny, todavía sosteniendo la mano de Toni, simplemente asintió en acuerdo con la declaración de Albert, transmitiendo silenciosamente su apoyo inquebrantable a Toni.

"Entonces, ¿esto no cambia nada, Danny?", preguntó Toni.

"Nada más que el hecho de que mis sentimientos por ti sean aún mayores por compartir este secreto conmigo, con nosotros".

"Ahora somos los tres mosqueteros", exclamó Albert mientras se levantaba y comenzaba a blandir una espada imaginaria en el aire alrededor de la habitación.

Danny no podía creer lo que escuchaba cuando Albert mencionó casualmente tomar la confesión de Toni sobre un asesinato, como si fuera solo un giro de la trama en un reinicio de Los Tres Mosqueteros, con temerarios movimientos de autodefensa y sus saltos por la habitación.

"Esto es serio, Albert y, además, en la historia de Alexandre Dumas había cuatro mosqueteros", explicó Danny.

"Lo sé, pero la madre de Toni no está, así que aquí estamos sólo los tres".

Toni observó las bromas entre Danny y Albert, y Albert comparó incrédulo su situación con las aventuras de los Tres Mosqueteros. No pudo evitar estallar en carcajadas. Se dio cuenta de que ese extraño intercambio era más que un simple momento de humor; era una señal de verdadera confianza. En ese momento lleno de risas, Toni se dio cuenta de que estaban verdaderamente unidos el uno al otro, compartían secretos y formaban un vínculo que trascendía lo ordinario. Ya no se trataba solo de la confesión; se trataba de la conexión forjada a través de la risa compartida y el absurdo, un vínculo digno incluso de los mosqueteros más aventureros.

Capítulo 39

Canción de Broadway

Albert dejó de girar con su falsa espada imaginaria y se dejó caer en el salón.

"Estoy agotada después de todo esto. ¿Hay un bar en este lugar?", le guiñó el ojo a Toni.

Toni, ahora más relajada que nunca, hace un gesto hacia la cocina.

"¿Se supone que debo preparar mis propias bebidas? El servicio se ha ido al traste".

Mientras Albert se dirige a la cocina, Danny mira a Toni y simplemente dice: "Te amo Antonia 'Toni' Webster".

Con una gran sonrisa de alivio en su rostro, Toni tuvo una divertida respuesta: "Lo mismo digo, señor Monk", y le dio un largo beso.

Albert entra con una jarra y tres copas de vino y comenta: "Consíganse una habitación, ustedes dos. Todavía hay mucho por hacer, ¿no, Danny?".

"En efecto, mi fiel amigo. Permíteme compartir mi plan y cómo cada uno de ustedes tendrá un intrincado papel que desempeñar, al igual que Samuel y Gertie y más tarde nuestro amigo detective, pero primero, ¿qué trajiste en esa jarra?".

"Sangría, mi propia creación, mi amor. Tomé algunas de las frutas de Toni que estaban en la encimera de la cocina, como manzanas y naranjas, y agregué bastante azúcar a la jarra. Saqué un poco de jugo de naranja de la nevera y encontré ese maravilloso brandy que tanto te gusta, ya sabes, Harvey Bristol Cream, y lo eché por si acaso. Finalmente, encontré un maravilloso vino tinto y simplemente lo revolví para incorporar los diferentes sabores y listo, una sangría perfecta".

Albert le sirvió un vaso a cada uno y realmente lo hizo muy bien.

"¿Cuál es mi papel en esta producción de Daniel Monk de 'Atrapa a un ladrón'?", dijo Toni, humedeciéndose los labios con la sangría.

Danny pasó los siguientes treinta minutos explicando lo que Toni y Albert tenían que hacer por la mañana durante el desayuno, y después tuvo que aguantar algunas preguntas insoportables de Albert.

"¿Qué me pongo?".

"¿Hay algún tono que necesito tener?".

"¿Cuál es mi motivación para la escena?".

Todo encajó justo cuando se estaba llenando el último vaso de sangría. Danny miró su reloj. Eran las 7:30 p. m., tiempo de sobra para hacer las llamadas.

"Bien, ahora que ya sabemos cuál es tu parte, tenemos que prepararnos para navegar en alta mar y necesito ponerme en contacto con Samuel y contarle sobre su propia participación por la mañana, así como sobre la de Gertie, si todo sale como lo imaginé".

La sangría había empezado a hacer efecto en Albert, que empezó a cantar con un tono arrastrado We Sail the Ocean Blue desde el HMS Pinafore y bailando, además.

"No más para ti Albert, vámonos".

"¿A dónde vamos, cariño?".

"Volvemos al 'Poplar Inn'. Necesitas dormir. Puedes beber sin problemas. ¿Qué pasa aquí? ¿Por qué te está afectando tanto esta sangría?".

"No lo sé, y no me importa. De hecho, me siento maravillosamente bien", y de nuevo una canción, esta vez I Feel Pretty de West Side Story.

"Dame las llaves del Bentley. Yo conduciré y tú dormirás en el asiento trasero".

"Sí, mon capitaine", dijo Albert arrastrando las palabras.

"¿Quieres que vaya contigo?", preguntó Toni.

"No, quédate, límpiate y te veré temprano por la mañana. Quizás un poco antes para asegurarme de que Albert esté listo para su parte, ¿de acuerdo?".

"Está bien, llegaré un poco antes y me aseguraré de que esté listo para su actuación mientras lo acompaño al comedor. Tú también estarás allí, ¿correcto?".

"Ya lo tienes Toni, y sí, yo también estaré en la habitación cuando llegues para asegurarme de que esté listo. Después de que te vayas, colocaré la cámara y entraré después al comedor y me reuniré con ustedes dos en la mesa de Abe, si todo sale como está planeado".

"Suena como un plan Danny, y sí, es fácil de entender, igual que tú", y le da un beso a Danny.

Albert parece ajeno a la conversación y simplemente sonríe mientras Danny se gira y lo sujeta mientras se dirigen al auto, Albert comienza a cantar una nueva canción de Broadway.

Capítulo 40

Café Irlandés

Como era temprano, Danny usó el sistema telefónico del Bentley para llamar al 'Poplar Inn' y llamó a Gertie y le pidió que llamara a Samuel y le devolviera la llamada cuando estuvieran los dos juntos para que pudieran ponerlo en altavoz. Gertie colgó y cinco minutos después volvió a llamar.

"¿Qué pasa Danny?", preguntó Samuel.

"Tengo una idea de quién es el ladrón que robó el reloj del señor Reynolds y tengo un plan para atraparlo en su próxima actividad".

"Si lo conoces Danny, ¿por qué no se lo dices al detective Callum y dejas que él se encargue?", intervino Gertie.

"Necesito reformular mi declaración. Tengo una fuerte sospecha de quién es el ladrón y no tengo pruebas, pero con su ayuda conseguiremos las pruebas. ¿Están disponibles para una charla de treinta minutos dentro de unos quince minutos? El señor Guzmán y yo estamos de regreso a la posada desde la casa de Toni".

Danny esperó unos segundos y luego Samuel dijo: "Estaremos listos para hablar con ustedes dos cuando lleguen. Me aseguraré de que tengamos privacidad en nuestra oficina".

"Excelente. Nos vemos pronto", y Danny presiona el botón de desconexión en la pantalla del tablero.

"¿Crees que puedes lograrlo, Danny? Quiero decir, mi reloj está en juego. ¿Y si lo pierdo?".

Danny mira a Albert y piensa: bueno, no te preocupaste cuando lo robamos en primer lugar, pero dice: "estoy cien por ciento seguro de que este plan funcionará si tú y Toni hacen su parte y Samuel y Gertie hacen la suya".

"Eso espero, cariño. Estoy muy preocupado".

En ese momento, Danny entra en el aparcamiento de la posada, apaga el Bentley y se dirigen al interior. Inmediatamente, ven a Samuel y a Gertie detrás del mostrador y se acercan.

"Danny, señor Guzmán, síganme a la oficina. Dejaré que Gertie llame a Robert para que pueda vigilar la recepción y luego ella se unirá a nosotros".

Cuando Danny y Albert son conducidos a la oficina de la posada, una sensación de calidez y comodidad los envuelve. La habitación es acogedora y, al mismo tiempo, bien organizada, con un ambiente agradable que hace que los visitantes se sientan a gusto de inmediato.

Las decoraciones rústicas, como fotografías enmarcadas de paisajes pintorescos o curiosas pinturas de la vida en el pueblo de Bahía de Cristal, adornan las paredes y le suman encanto al espacio. La suave iluminación ambiental proyecta un brillo suave que crea un ambiente relajante.

Los huéspedes pueden relajarse y esperar o conversar con el posadero en la acogedora zona de estar, que está amueblada con lujosos sillones y una mesa de madera.

En el centro de la habitación hay un escritorio de madera maciza, en cuya superficie hay papeles, bolígrafos y un libro de contabilidad antiguo. Las paredes están cubiertas de estanterías llenas de libros, baratijas y chucherías, cada una de las cuales cuenta una historia de la posada y de los viajeros que han pasado por sus puertas. Una pequeña cafetera de café recién hecho emite un aroma reconfortante y Samuel invita a Danny y a Albert a sentarse para disfrutar de una bebida caliente.

"Chicos, ¿qué les parece una taza de té?", dijo Samuel mientras señalaba la zona de asientos.

"Me tomaré un café, señor Bailey, si es un café irlandés", afirma Albert.

"Llámame Samuel y sí, puedo darte un capricho. También me gustan, así que tengo todos los ingredientes a mano. ¿Y tú, Danny?".

"Estoy bien, Samuel. Adelante".

Samuel se acerca al pequeño frigorífico que hay en la esquina, que también incluye una pequeña zona con un fregadero, y saca la nata montada. Samuel pone en marcha la tetera y, cuando empieza a hervir, vierte el agua caliente en dos tazas para precalentarla y, a continuación, vierte el agua caliente de las tazas. Toma la misma tetera y vierte el café hirviendo en el vaso de las tazas calentadas hasta llenarlas hasta tres cuartas partes. Después, Samuel añade azúcar morena y revuelve hasta que el azúcar se disuelve por completo. Abre una botella nueva de whisky irlandés, la vierte y cubre ambas tazas con la nata montada vertiéndola suavemente sobre el dorso de la cuchara. El olor es de otro mundo, pensó Danny, reflexionando que debería haber aceptado la oferta.

En ese momento entra Gertie.

"Samuel Bailey, ¿ya te estás tomando un trago?".

"Ahora, cariño, se lo ofrecí a los caballeros aquí presentes, ¿y cómo no iba a unirme a ellos? Siempre me has dicho que un buen posadero debe asegurarse de que los huéspedes estén bien atendidos, así que aquí estoy, cuidándolos. Además, no pensé que quisieras tomar una copa a estas horas de la noche. Normalmente no lo haces, así que no te la ofrecí".

"Entonces, sigue adelante y prepárame una, ya que creo que Danny tiene una gran historia que compartir con nosotros".

"Sí, Gertie. Samuel, ¿te importa si empiezo mientras tú preparas el café de Gertie?".

"Adelante, por favor. Puedo hacer varias cosas a la vez", dijo con una gran sonrisa en el rostro, a lo que Gertie se limitó a gruñir y murmurar: "Como si fuera posible".

Mientras Samuel preparaba el café para Gertie, Danny comenzó a expresar sus pensamientos y sospechas a Samuel y Gertie sobre la identidad del ladrón, esbozando un plan para atraer al culpable y finalmente atraparlo con pruebas concretas. Hizo hincapié en la necesidad de su participación, subrayando que sus contribuciones eran cruciales para atrapar al ladrón con las manos en la masa. Después de terminar, Gertie habló primero.

"Danny, lo has pensado bien y entiendo por qué no quieres traer al detective Callum todavía, sino en el momento adecuado". Gertie miró a Samuel y continuó: "Samuel, eres el peor mentiroso que he visto. ¿Serás capaz de llevar a cabo tu papel? Este plan depende de tu capacidad para ser un actor impresionante".

Samuel, quien se sonroja, le responde a Gertie: "¡Oye! ¡Puedo ser sutil! ¿Recuerdas aquella vez que convencí a la señora Higgins de que era alérgico a las caléndulas para evitar tener que desmalezar el jardín durante todo el verano? Fue un verano terriblemente sofocante. Debería haber recibido un premio de la Academia Australiana de Cine y Televisión por esa actuación".

Gertie asintió y, mirando a Danny y a Albert, dijo: "Ese día estuvo bien. Por cierto, el señor Reynolds me dijo que se marcharía pasado mañana. ¿Tendremos tiempo de implementar este plan, Danny?".

"En realidad, esto nos beneficia. Si todos ustedes hacen su parte por la mañana, esto funcionará de maravilla".

"Estoy listo, cariño. Déjame enfrentarme a mi público", dijo Albert.

"Excelente. Entonces todos saben cuál es su parte. Se está haciendo tarde, así que me voy a la cama", y mirando a Albert, Danny dice: "Tú también deberías hacerlo, Albert".

"Un café más por favor, están riquísimos", y le acerca la taza a Samuel.

"No", agarra a Albert y lo levanta del cómodo sillón, mientras Danny se despide de los Bailey. Samuel le dijo a Danny que esperara.

Samuel mete la mano en su escritorio, saca una llave y se la entrega a Danny.

"Ésta es mi llave maestra. Te permitirá entrar en cualquiera de las habitaciones".

"Gracias Samuel, Gertie. Que tengan una buena noche", y luego guía a Albert hacia la puerta de la oficina en dirección a las escaleras.

Samuel y Gertie permanecen en su oficina, todavía disfrutando de su propio café, y Gertie comenta: "¿Sabes qué, Samuel?".

"¿Qué cariño?".

"¿A quién te recuerdan esos dos?".

"No tengo idea. ¿A quién crees?".

"Esos dos me recuerdan a un matrimonio por la forma en que se comportan".

"Sabes, yo también tengo la misma impresión", añadió Samuel mientras tomaba el último sorbo de su café irlandés.

Capítulo 41

No Fue Un Mal Viaje de Vacaciones

Abe Reynolds siempre ha sido madrugador. No ha habido un solo día en que haya dormido hasta las siete de la mañana. Se levanta a las cinco de la mañana todos los días, sin importar a qué hora se vaya a dormir. Abe nunca se preocupó por su resistencia a causa de la falta de sueño, ya que ha sido bendecido con una fortaleza digna de un hombre de treinta y cinco años, no con la de alguien de setenta y cuatro años como él.

Se levanta, va al baño y hace su rutina matutina y se cepilla los dientes antes de volver a salir y poner en marcha la tetera. El 'Poplar Inn' tenía una bonita tetera eléctrica que disfrutaba usar más de lo que pensaba, ya que en su casa tiene una tetera antigua que debe calentarse en su cocina de gas. "Es hora de actualizarme", se dijo a sí mismo con una sonrisa.

Y así debería ser.

Cuando vuelva a casa, completará el parte de seguro sobre su reloj "robado" y presentará la reclamación. Siempre ha sido muy listo, solía decir su madre. Cuando Abe encontró el reloj TAG Heuer Carrera en el primer hotel, decidió que eso es lo que haría durante su jubilación.

El anterior propietario había sido un viejo payaso desagradable y muy borracho que había comprado el reloj en efectivo y le había comentado el hecho una noche mientras bebían algo, e incluso, se jactó de que el joyero le había proporcionado un recibo de caja. Eso en sí no era nada hasta que le soltó una bomba a Abe. Abe recuerda la conversación exactamente como si hubiese sucedido ayer.

"Abe, ¿sabes cuánto me costó este reloj?", deslizó el recibo de caja sobre la mesa hacia Abe. Antes de que Abe pudiera mirar el recibo, el borracho dijo: "Cero. Nada".

Abe recordó que cuando miró el recibo, mostraba que la venta era por 30.000 dólares y, con una mirada de sorpresa en su rostro, interrogó al hombre.

"Aquí dice que lo compraste por 30.000 dólares. ¿Por qué dices que no te costó nada? Estoy confundido".

"Porque, mi querido amigo, voy a denunciar el robo y a cobrar el seguro. Pan comido".

Abe se había retirado desde que vendió su sistema de monitoreo de seguridad y, aparte de algunos pequeños errores en sus declaraciones de impuestos a lo largo de los años, no había cometido nada tan ilícito como lo que este hombre le había dicho en estado de ebriedad.

"¿Qué pasa si te atrapan?", preguntó Abe.

Tomó el recibo y dio un gran trago a su bebida. Después de soltar una gran carcajada, le respondió a Abe: "No va a pasar. He hecho esto y muchas otras pequeñas transacciones a lo largo de los años y las compañías de seguros nunca han sospechado de mí". Y dicho esto, se levantó y se dirigió a su habitación, dejando a Abe totalmente asombrado por lo que había sucedido.

La tetera eléctrica anuncia con un ruido de ebullición, que Abe conoce, que el agua ha alcanzado su punto máximo y está lista para servirse. Agarra una taza, se sirve un paquete de Moccona French Roast que le proporcionó la posada, le agrega dos cucharaditas de azúcar y se dirige a la ventana.

El Nautical Nook está frente a Shore Drive y Abe se encuentra allí observando a algunos de los residentes de Bahía de Cristal dirigirse al trabajo, mientras el amanecer se levanta y la niebla se disipa lentamente.

Abe nunca pensó que la conversación lo llevaría por el camino que ha tomado su vida estos últimos años, y han sido años excelentes.

Después de que el idiota lo dejara solo esa noche, hace años, Abe nunca había pensado en lo que haría cuando se jubilara. Quería viajar por Australia y el extranjero, pero su jubilación tenía límites, por lo que necesitaba presupuestar sus fondos para lograr su objetivo de viajar, pero ¿qué pasaría si usara su experiencia previa tanto en la industria de la seguridad como en la de la cerrajería y las pusiera a trabajar una vez más?

Abe se sentó allí, pidió otra bebida y esperó otra hora y pensó: ¿Y sí? ¿Y si se arriesgaba y ampliaba un poco su fortuna haciendo algo que nunca había hecho antes?

Esa noche tomó la decisión de que, si realmente quería disfrutar de su jubilación y no preocuparse por el dinero, necesitaba adquirir más dinero y qué mejor manera de hacerlo que utilizando las habilidades que utilizó para proteger a sus clientes a lo largo de los años y utilizarlas en su beneficio.

Dicho esto, Abe añadió la bebida a su cuenta y tomó el ascensor. Asegurándose de que no había cámaras en el pasillo, encontró la habitación donde se alojaba su compañero de copas y, sin dudarlo, Abe metió la mano en el bolsillo y sacó un pequeño y sencillo juego de ganzúas que siempre llevaba consigo por costumbre. En un momento, entró en la habitación, encontró el reloj y el recibo en la mesilla de noche junto al borracho que roncaba, los cogió y salió de la habitación cerrando de nuevo como si nada hubiera pasado.

La euforia que sintió casi le hizo llorar. Estaba en el cielo.

En ese momento, decidió que eso era algo que iba a hacer de ahora en adelante, pero asegurándose de no ser demasiado codicioso al hacerlo. Siempre se llevaba uno o dos artículos de los hoteles en los que se alojaba y se aseguraba de dirigirse a las personas adecuadas con los artículos adecuados de los que se pudiera disponer fácilmente.

Miró su reloj y vio que eran casi las siete de la mañana y que debía empezar a prepararse para el desayuno. Ya les había comentado a los posaderos su intención de irse al día siguiente, así que tal vez haría una excursión de un día más por la zona y luego regresaría a casa con una reclamación de seguro de 30.000 dólares.

No ha sido un mal viaje de vacaciones, pensó Abe mientras colocaba la taza en el alféizar de la ventana y se dirigía al baño para prepararse.

Capítulo 42

Decisión

Danny nunca se levantaba temprano, pero esa mañana su mente estaba a toda marcha y a las 5:30 a.m abrió los ojos de golpe. No le importó, ya que tenía que estar listo a las 8 a.m en punto, ya que, según Gertie, esa era la hora en la que Abe Reynolds siempre llegaba para desayunar.

El plan era simple.

Tan pronto como Gertie vio a Abe bajar las escaleras para desayunar, llamó a Danny, quien luego fue a tocar la puerta de la habitación de Albert, con la esperanza de encontrar a Albert listo y a Toni con él. Toni debía asegurarse de que Albert dejara el reloj en el cajón de la mesita de noche, como estaba planeado, y luego ambos bajarían las escaleras.

Luego fue el turno de Danny de colocar la pequeña cámara en la habitación de Albert en una posición que enfocara su lente en la mesita de noche, mostrando al ladrón metiendo la mano en el cajón y sacando el reloj.

Un plan sencillo, pensó Danny, aunque sabía que a veces lo sencillo no era suficiente, pero era lo mejor que podían hacer sin levantar sospechas.

Tenía mucho tiempo, así que Danny se sentó junto a su ventana y se limitó a observar el amanecer en Bahía de Cristal. Su tiempo allí se suponía que sería un retiro, un período de recuperación de Alessia para decidir lo que había sucedido y aclarar su mente para poder centrarse en su futuro, su negocio y en lo que la vida podría traerle en Northport.

En cambio, apareció Toni Webster.

Mientras pensaba en lo que podría pasar después de todo ese plan para atrapar a un ladrón, sintió que Toni estaría lista para una relación más seria, pero ¿y si nuevamente había malinterpretado la situación?

"No, no he interpretado mal la situación. Creo que tenemos algo en marcha, ¿no?", dijo Danny en voz alta, como si eso fuera a confirmar la veracidad de la afirmación. Danny recuerda claramente haberle dicho a Toni, cuando ella compartió su secreto con él y Albert, que sus sentimientos por ella eran aún mayores después de que ella le hubiera contado su secreto.

Pero se preguntó: "¿Alguna vez le dijo que la amaba?".

No, no le había dicho a Toni que la amaba. Pero hoy, después de poder demostrar que Abe mentía sobre el robo de su reloj y de atraparlo en el acto de robar el reloj de Albert, compartiría sus sentimientos por ella.

Con una nueva sensación de seguridad, se enfrentaría a Toni y, con el corazón palpitando de nervios y anticipación, le gritaría esas dos palabras: "Te amo".

Capítulo 43

¿Qué Hacer Con Danny?

Eran las 4 de la mañana y Toni no durmió bien anoche: su mente estaba en llamas. Sí, estaba emocionada por atrapar al ladrón y ser parte del plan para hacerlo con Danny, Albert y los Bailey, pero esa no era la razón de su insomnio.

Era ese maldito Daniel Monk.

Desde que entró al "Seashell Café" hace semanas y pidió el almuerzo, ella no podía pensar en nada más que en él.

Aquellos momentos juntos en el lago, las muchas charlas y luego, cuando él y Albert compartieron su pasado con ella, lo superaron todo.

Toni hizo lo inexplicable en ese momento. También les contó su secreto más oscuro y no pasó nada. Danny simplemente le tomó la mano y le ofreció el apoyo que tanto necesitaba.

Toni tampoco tuvo ninguna reacción cuando escuchó que Danny y Albert eran, bueno, criminales, "Déjame aclarar", se dijo a sí misma, "no criminales, sino afortunados y esquivos adquirentes de artículos", se rió cuando dijo eso, pero aun así sabía que eran criminales, pero no tan malos como ella porque había cometido un asesinato y hasta ahora se había salido con la suya, gracias a la ayuda de su madre.

Ella supo en ese momento, que lo amaba, pero no dijo nada, aunque él tampoco.

Todo lo que escuchó fue que Danny dijo que compartir su secreto con ella significaba más para él, pero nunca dijo que la amaba, ¿verdad?

Toni miró su reloj. Eran las 6:40 a. m., había pasado tantas horas repasando sus últimas semanas con Danny que el tiempo voló y necesitaba levantarse y prepararse para estar con Albert y acompañarlo abajo para el desayuno como estaba planeado.

¿Qué hacer con Danny?, pensó.

Sabía que tenía que decirle a Danny que lo amaba. Las palabras habían estado hirviendo a fuego lento bajo la superficie durante semanas, sentía un calor constante en su pecho cada vez que estaban juntos.

La risa marcaba líneas de expresión alrededor de sus ojos mientras contaba una historia, y un aleteo nervioso floreció en su estómago.

Anhelaba un futuro pintado en sueños compartidos y secretos susurrados, pero el miedo al rechazo la carcomía. Respiró profundamente y se armó de valor.

Hoy, después de la revelación del ladrón, rompería el silencio, esperando que su corazón hiciera eco del frenético ritmo del suyo.

Capítulo 44

Acción

El despertador sonó a las seis en punto y Albert se despertó descansado y relajado. Siempre le ha gustado beber un vaso o dos de licor, pero el whisky irlandés de ayer le dio un golpe de efecto y se apagó como un rayo en cuanto se metió en la cama.

Recuerda que Danny lo agarró y lo arrastró escaleras arriba, abrió la puerta y le dijo algo como: "Albert, será mejor que estés listo para cuando Toni llegue a las 7:45 a. m. o tendrás noticias mías por la mañana".

Danny puede ser tan macho a veces y es por eso que lo amo tanto, pensó mientras se dejaba caer en la cama hasta que la alarma lo despertó. Gracias a Dios que su costumbre es siempre poner la alarma a las 6 a. m., sin importar si está en casa o fuera de ella.

Al ponerse de pie, siente la garganta seca y se dirige al baño, enciende la luz y se asusta al ver su reflejo en el espejo.

"Horrible, me veo horrible, y necesito estar en mi mejor forma esta mañana para mi parte en este plan para atrapar al ladrón", dijo en voz alta mientras abría la ducha y se desvestía tirando toda su ropa al suelo sin ninguna preocupación en el mundo.

El agua caliente hizo efecto y Albert se secó con una toalla y, usando una toalla adicional, limpió el espejo empañado y se miró.

Muy bien, muchacho. Te ves maravilloso. Ahora, un retoque aquí y allá y estarás listo para tu actuación, pensó, sonriendo, sabiendo que su papel era el más importante.

Mientras Albert se prepara, su mente recuerda la primera vez que conoció a Danny. Un joven que estaba aprendiendo el negocio de venta minorista de libros con el anciano Hebert McCullum, el entonces propietario de McCullum Booksellers en Northport.

Una oleada de felicidad pura invadió a Danny cuando aceptó con entusiasmo su puesto como vendedor minorista a tiempo parcial, reponedor y polifacético de McCullum. Esta nueva vocación lo llevó a abandonar sus estudios de arquitectura y a cursar una licenciatura en Bellas Artes. Más tarde, tomó la herencia de la venta de la casa de sus padres, los pocos ahorros que tenía y solicitó y recibió un préstamo bancario para comprar el edificio, la tienda y el inventario de McCullum y se metió en el negocio minorista con esperanza e ilusiones de éxito.

Entonces la realidad se impuso.

El comercio minorista es un negocio difícil y Albert tuvo compasión de él y le pidió que participara en su negocio de adquisiciones.

Danny quedó desconcertado, pero después de la primera "adquisición" comenzó a aprender más y más y con las conexiones de Albert y la juventud de Danny, pronto estaban haciendo "trabajos de adquisición" en todo Sídney.

La policía, por supuesto, sospechaba, especialmente ese desagradable detective Cassell, pensó Albert. Terminó de aplicarse el polvo de retoque en el cuello. Y continuó recordando que no hubo arrestos ni detenciones y, después del fiasco con Alessia, tanto Danny como Albert se "retiraron" de este negocio secundario con un buen fondo de ahorros, continuando con algunos otros negocios secundarios y legales para complementar sus ingresos.

Llegó el momento de ponerse la ropa, Albert llegó preparado para cualquier ocasión y trajo un delicioso atuendo que pensó que encajaría con el escenario.

La selección de Albert es un traje que grita "verano" con sus tonos vibrantes y su diseño extravagante. La chaqueta está confeccionada con un tejido ligero de sirsaca, lo que garantiza la comodidad incluso en el calor. El color base es coral, que recuerda a las aguas tropicales. Para añadirle un poco de estilo a la chaqueta, la adornó con atrevidos estampados florales que mostraban flores de gran tamaño en tonos magenta, mandarina y amarillo limón. Estos estampados caen en cascada por las solapas y el pecho, creando un conjunto animado y llamativo.

Los pantalones complementan la chaqueta con un color blanco sólido para equilibrar la exuberancia de la chaqueta. Albert no pudo resistirse a redondear el look con un pañuelo de bolsillo vibrante con un patrón verde azulado complementario que incluía formas geométricas en los mismos colores vivos.

Un toque más fueron los mocasines de ante en un atrevido color azul eléctrico con una o dos vetas de color amarillo claro, como si los rayos del sol cayeran sobre ellos.

El broche de oro llegó cuando se colocó en el pelo peinado un par de gafas de sol "Aurora Luxe", fabricadas por la prestigiosa marca de lujo Celestial Eyewear. Cada montura está hecha a mano con materiales de primera calidad, como titanio pulido, lo que garantiza resistencia y una suntuosa experiencia táctil. Por su parte, las lentes cuentan con una calidad excepcional, fabricadas con vidrio polarizado de primera calidad para brindar una claridad inigualable y proteger contra los dañinos rayos

UV. Las patillas están adornadas con adornos discretos pero distintivos, tal vez el logotipo de Celestial Eyewear grabado en oro de 24 quilates o adornado con brillantes cristales de Swarovski, que subrayan el legado histórico de la marca y su meticulosa artesanía.

"Hollywood, allá voy. ¡Estoy listo para llamar la atención y llevar un rayo de sol a donde quiera que vaya hoy!", dijo Albert, mirándose a sí mismo justo cuando alguien tocaba a su puerta y mirando el reloj de su abuelo, vio la hora: 7:45 a.m.

Con una sonrisa en su rostro, Albert abre la puerta y susurra: "Acción" y ve a Toni devolviéndole la sonrisa lista para su coactuación del día.

Capítulo 45

Todo Listo

A las 7:55 a.m., Abe Reynolds sale de su habitación, se asegura de que la puerta esté cerrada y se dirige a la planta baja para desayunar. Cuando está bajando el último escalón de la escalera para dirigirse al comedor, oye que Gertie lo llama: "Sr. Reynolds, un momento por favor", y Abe sonríe y se dirige a la zona de recepción.

En ese momento, Samuel se aleja del mostrador de recepción y se dirige a la oficina y finge cerrar la puerta, pero la deja entreabierta para poder ver al señor Reynolds mientras Gertie le pregunta. Samuel marca un número y, después de un timbre, dice: "Está abajo, en el mostrador de recepción", cuelga y se dirige al comedor.

Después de un timbre, Danny toma su móvil, escucha a Samuel hablar y después de oír que el tono de marcado se corta, Danny toma las llaves de su habitación, la pequeña cámara y se dirige hacia la puerta de su habitación, la abre y sale.

Caminando hacia la habitación de Albert, Danny toca la puerta y Toni sonríe: "Hola, guapo". Y Danny le devuelve un pequeño beso en la mejilla mientras entra y cierra la puerta detrás de él: "Tú tampoco te ves tan mal por la mañana". Albert no puede evitarlo y se suma: "¿Y yo, cariño? ¿Cómo me veo?".

Danny miró a Albert y admitió que se veía "vivaz", por lo que le dijo: "Te ves radiante, Albert, como siempre. Un soplo fresco de verano".

"Lo sé", fue todo lo que dijo Albert y luego agregó: "¿Estamos listos para irnos ahora?".

Antes de que Danny pudiera responder, su teléfono sonó y Gertie estaba al teléfono. "Ahora se dirige a desayunar, apúrate. Envía a Toni y a Albert", y Gertie cuelga.

"Vale, era Gertie. Te toca a ti. Recuerda, haz tu entrada. ¿Dejaste el reloj en la mesita de noche?".

"Por supuesto que sí", dijo Albert señalando hacia la mesita de noche y añadió: "Dulzura, no tienes que decirme cómo ser yo mismo", y agarra el brazo de Toni, señala la puerta, que Danny abre y cierra detrás de ellos.

Danny saca del bolsillo de su chaqueta el diminuto cubo negro, cuyo peso es insignificante e inmenso a la vez. Eso era todo. Horas de planificación culminaron en ese momento, en esa habitación de la posada bañada ahora por el naranja matinal de un hermoso sol.

Las tablas del suelo crujieron bajo su peso mientras se arrastraba hacia la mesita de noche de roble desgastado que se encontraba junto a la cama. Echó un vistazo rápido a la habitación, un hábito arraigado tras años de... bueno, digamos, actividades poco convencionales. Satisfecho, se arrodilló junto a la mesita de noche.

La cámara, apenas más grande que un dado, se sentía fría contra sus dedos. Tenía visión nocturna, perfecta para el probable escenario del objetivo en caso de que entrara en la habitación después del anochecer. Danny no creía que eso fuera a suceder, pero por si acaso, se aseguró de que su cámara tuviera visión nocturna.

Necesitaba que la colocación fuera estratégica. Si estaba demasiado bajo, podría golpearse o engancharse con el contenido del cajón. Si estaba demasiado alto, no captaría la acción.

Danny, rebosante de gratitud, agradeció la delicadeza de Gertie y Samuel, que se esforzaron por hacer que cada habitación fuera única y comprendieron la necesidad de comprar determinados muebles al por mayor para ahorrar costes. Su mirada recorrió la mesita de noche y era idéntica a la de su habitación. Había algunas tallas decorativas a lo largo del borde superior. Con dedos ágiles, desatornilló una pequeña roseta de madera de aspecto inofensivo. Detrás de ella, había un espacio hueco, lo suficientemente grande para la cámara. Idéntico al de su habitación en el que la probó.

Una oleada de satisfacción lo invadió.

Perfecto, todo listo.

Danny colocó la cámara en la cavidad y ajustó la diminuta lente hasta que pudo ver claramente el interior del cajón. Danny probó la cámara y la imagen salió nítida. Respiró profundamente y con mucho cuidado atornilló la roseta en su lugar; la madera disimuló su obra a la perfección. Una rápida mirada alrededor confirmó que parecía completamente natural.

Se puso de pie, secándose una pequeña gota de sudor de la frente.

Misión cumplida.

Miró su reloj y a esa altura Toni y Albert ya se habían encontrado con Abe y deberían estar dando su discurso. "Cruzamos los dedos: todo saldrá según lo previsto".

Danny se sentó en una silla y esperó.

Suena su móvil y Danny lo escucha, cuelga y se dirige a la puerta, la abre y mientras sale, echa una última mirada y cierra la puerta detrás de él.

Ahora todo lo que tenían que hacer era esperar y confiar que la cámara captara lo que necesitaba.

Capítulo 46

Amistad Especial

Abe se preguntó por qué Gertie quería repasar de nuevo su horario de salida al día siguiente, puesto que ya le había contado todos los detalles. Supongo que la vieja está empezando a perder la memoria, pensó, pero no le importó y, después de terminar de repetirle todo, se dirigió al comedor. Al entrar, Samuel llamó su atención: "Sr. Reynolds, buenos días. Llega un poco tarde. ¿Qué sucede? Normalmente está en la puerta a las 8 a. m. en punto para desayunar".

"Bueno, parece que esta mañana tu encantadora esposa Gertie me pidió que confirmara mi horario de salida. Parece que perdió sus notas y simplemente no quiso confiar en su memoria. No es gran cosa, solo unos minutos. Estoy seguro de que el desayuno estará tan delicioso como siempre. ¿verdad?".

"Por supuesto que lo estará señor Reynolds", dijo Samuel, y se dio cuenta de que Albert y Toni entraban y dijo en voz alta: "Hola Toni, señor Guzmán, buenos días. ¿Listos para el desayuno?".

"Sí, Samuel. Danny va un poco retrasado, así que podemos sentarnos donde quieras".

"Señor Reynolds, ¿conoció al señor Guzmán?".

"Sí, por supuesto que lo conozco".

"¿Estaría bien si ustedes compartieran esta mesa hoy y cuando baje el Sr. Monk, tal vez pueda unírseles?".

"Sería maravilloso, por supuesto. Siéntense, por favor".

"Qué caballero tan encantador", dijo Albert, extendiendo su mano izquierda en un apretón que Reynolds tomó.

"Ah, ¿no llevas puesto hoy ese magnífico reloj Rolex Day-Date 2022? Quizá hayas oído que hace poco me robaron el mío".

"Abe, cariño, sí, ya lo he oído. Terrible, simplemente terrible, pero mi reloj Rolex no serviría hoy para mi querido amigo y su novia", dijo señalando a Toni sonriendo. "Toni y Danny me llevarán de viaje por el océano y este reloj combina mucho mejor con mi atuendo. Voy a dejar el reloj de mi abuelo en mi habitación, seguro y seco. ¿Qué te parece este reloj, Abe?".

"Sí, sí, seco, eso es seguro, y este reloj", señaló el Seiko, "es un buen reloj, pero no tan caro, supongo".

"Sí, cariño. Es uno de esos relojes baratos de Seiko, pero me gusta el color de su caja: negro y dorado, un dorado amarillento, que combina con las rayas de mis zapatos. ¿Te gusta?".

Toni intervino en la conversación: "Albert, ese es un reloj Seiko de ochocientos dólares. No diría que es un reloj barato, querido. Estoy segura de que a algunas personas les encantaría tener uno".

"Estoy seguro de que lo harían", y con eso, Albert le dio a Reynolds una rápida disertación verbal del viaje por el océano al que Danny lo llevaría hoy y los horarios de salida y llegada.

"Bueno, parece que tendrás un día muy ocupado, mira quién acaba de entrar por la puerta", dijo Abe mientras miraba a Danny.

"Buenos días a todos. ¿Puedo desayunar con ustedes? Tengo mucha hambre".

"Por supuesto", respondió Abe. "Me enteré de que hoy llevarás a Albert y a tu novia a un viaje por el océano".

Danny estaba listo para cualquier cosa esa mañana, pero que Abe llamara a Toni su novia lo desconcertó un poco y se quedó sin palabras.

"Dios mío, Dios mío, Daniel Monk, me he quedado sin palabras esta mañana", dijo Toni con una sonrisa en el rostro.

Danny tartamudeó, con las mejillas ligeramente sonrojadas: "¿Cariño? Yo, eh... pensé que solo éramos... ya sabes, amigos especiales".

La sonrisa de Toni se ensanchó y un brillo juguetón apareció en sus ojos. "¿Eso es todo lo que creías que éramos, Danny? ¿Amigos especiales?".

"Dios mío, he causado problemas en el paraíso. Me disculpo", afirmó Abe.

Toni toma la mano de Abe y simplemente dice: "No te preocupes, Abe. Estoy segura de que Danny y yo hablaremos sobre nuestra 'amistad' hoy en, ¿cómo lo llamó Albert?, 'nuestro viaje por el océano'".

"Y yo estaré allí como testigo. Me encanta. Vamos a pedir el desayuno", y con eso, cada uno tomó su menú. Toni le hizo un gesto a Robert, quien tomó nota de lo que pidieron y se dirigió a la cocina.

Más huéspedes comenzaron a llegar, cada uno en su propio pequeño mundo, mientras se sentaban y le daban a Abe una o dos miradas.

"Abe cariño, ¿por qué todos te miran tan raro?", preguntó Albert.

"Parece que todo el mundo está un poco enojado conmigo porque me robaron el reloj, y es posible que piensen que podría haber insinuado que fue un huésped quien lo robó".

"¿Dijiste eso, Abe?", preguntó Danny.

"Bueno, no directamente, pero puede que haya dado pistas sobre ese asunto, pero ya sabes cómo es la gente, ¿verdad?".

"Sí, lo sabemos, Abe, sí lo sabemos", justo en ese momento Robert regresó con todos los platos del desayuno y la conversación cambió al disfrute de la comida.

Después de unos cuantos bocados, Albert se acerca a Abe y le pregunta: "¿Por qué no vienes con nosotros, Abe? Estoy seguro de que nos encantaría tu compañía".

Oh, mierda, pensó Danny. Ése no era el plan. ¿Qué estaba tramando Albert?

"Qué lindo que me hayas invitado, me encantaría, pero me voy mañana y hoy pensé en ir a Bahía de Cristal y caminar un poco, tal vez comprar un libro".

"Es una pena, Abe, hubiera sido maravilloso, pero ¿puedo hacerte una sugerencia respecto a la compra de tu libro?".

"Por supuesto, Albert, por favor compártelo".

"Recomiendo encarecidamente a uno de los autores locales de Northport. Se llama JF Nodar y ha publicado dos novelas que son bastante interesantes. Los títulos son: Libros, Bolígrafos y Hurto y el otro es El Universo Entre Dos Mundos. Su nueva novela de ciencia ficción, es bastante buena, según tengo entendido".

Danny meneaba la cabeza, bueno, mentalmente al menos, y no pudo evitar preguntar: "Albert, ¿recogiste esos libros antes de venir a Bahía de Cristal?".

"No, Danny, lo olvidé. Seguro que puedo comprar uno cuando vuelva".

"Hay una librería preciosa en la ciudad que se llama Bahía de Cristal Bookshop. Estoy segura de que lo tendrán si tienen suficiente stock. Están muy de moda y también tienen muchos autores locales", añadió Toni.

"Genial. Puede que lo haga".

Dicho esto, Abe se levantó, se despidió y se dirigió al piso superior.

Los tres mosqueteros lo miraron mientras subía las escaleras y luego Toni y Albert se giraron hacia Danny y Albert le susurró: "¿Crees que va a entrar en mi habitación ahora?".

"Para responder a tu pregunta, no, no lo creo. Esperará hasta que las habitaciones estén limpias después del mediodía o algo así, probablemente a primera hora de la tarde, cuando regrese de su visita a Bahía de Cristal y antes de que nosotros regresemos de nuestro viaje. Albert, ¿en qué demonios estabas pensando cuando le pediste que viniera con nosotros al viaje? ¿Y si aceptaba? No tendría ninguna oportunidad más tarde ese mismo día de agarrar el reloj. Podrías haberlo arruinado todo".

"Mi querido muchacho, es evidente que no sabes leer a la gente. ¿Te has fijado en cómo se le movió un poco el labio izquierdo cuando le hice esa sugerencia?".

Tanto Toni como Danny se miraron y respondieron simultáneamente: "No".

"Lo hice y leí que él mintió acerca de siquiera considerar venir con nosotros al viaje por el océano".

"Albert, un tic en el labio por sí solo no es un indicador fiable de mentira. Podría ser cualquier cosa", dijo Toni.

"Tengo razón, Toni. Sé que tengo razón. Parecía muy bien, como si realmente estuviera pensando en venir, pero tiene planes. Cuando le mencioné que iba a dejar el reloj de mi abuelo en la mesita de noche, juro que había un brillo en sus ojos. Creo que tu plan, Danny, va a funcionar. Ha mordido el anzuelo".

Samuel se acerca a ellos con un par de platos en las manos y se inclina hacia Danny: "¿Cómo te fue? ¿Mordió el anzuelo?".

"Sí, creo que lo ha hecho. Ahora sólo nos queda esperar a que actúe".

"Genial", dijo Samuel, "llámame cuando sientas que necesito comunicarme con el detective. Dijo que puede estar aquí en diez minutos".

"Bien, porque, aunque estaremos en un barco, no estaremos lejos en el océano".

"¿Qué? ¿Por qué me he vestido así si no voy a hacer un viaje por el océano?", añade Albert.

"Porque Albert, tu reloj era el pan del sándwich que le presentamos a Abe, pero tú, amigo mío, tú eres el jamón".

"No estoy seguro de poder tomar eso como un cumplido, ¿Danny?".

Toni se ríe, mira a Danny y dice: "Ahora, preparémonos para irnos" y, mirando a Danny, "tú y yo necesitamos tener una conversación sobre nuestra 'amistad especial' que le mencionaste a Abe".

Capítulo 47

Capitán Cora

Albert subió corriendo las escaleras para asegurarse de que su reloj seguía allí, mientras Danny y Toni subían las escaleras con paso solemne. Ambos estaban en silencio, cada uno sumido en sus propios pensamientos. Vieron a Albert saludarlos con la mano mientras entraba en su habitación y decía: "¿Treinta minutos en tu auto, Danny?", a lo que Danny solo asintió.

Danny abrió su propia puerta, dejó entrar a Toni primero y cerró la puerta detrás de él y cuando se giró para mirar a Toni, ella solo dijo una palabra: "Explícate".

Danny le hizo un gesto a Toni para que fuera hacia el salón y se sentaron.

Sus ojos estaban fijos en los de ella, su corazón latía con una mezcla de nerviosismo y emoción. Danny respiró profundamente, dispuesto a expresarle sus sentimientos sin dudarlo.

"Toni", comenzó con voz firme pero llena de emoción, "desde el momento en que te conocí supe que había algo especial en ti. No era solo tu belleza o tu encanto, aunque eso es innegable. Era algo más profundo, algo que me atraía hacia ti como un imán".

Hizo una pausa, buscando las palabras adecuadas para expresar la profundidad de sus sentimientos. "Me encanta la forma en que te ríes, cómo iluminas la habitación y haces que todo parezca más brillante. Me encanta la forma en que te preocupas por los demás, siempre poniendo sus necesidades antes que las tuyas. Y me en-canta la forma en que me desafías y me haces reír".

Danny le tomó la mano. "Pero, sobre todo, me encanta cómo me haces sentir. Cuando estoy contigo, siento que puedo ser completamente yo mismo, que no tengo que fingir ser otra persona. Me aceptas tal como soy, con defectos y todo, y eso es un don poco común".

Los ojos de Toni brillaron con lágrimas contenidas mientras apretaba la mano de Danny. "Danny", susurró, su voz apenas se escuchó: "Siento lo mismo por ti. Me haces más feliz de lo que jamás creí posible, y no puedo imaginar mi vida sin ti".

Mientras estaban sentados allí, cogidos de la mano, durante unos momentos, Toni rompió el silencio con un: "¿Me vas a besar o qué, Daniel Monk?".

Danny tomó su rostro entre sus manos y le dio a Toni lo que ella sintió que fue el beso más dulce que jamás había recibido.

Toni suspiró cuando Danny la soltó, Danny sonrió y la instó con un "Vamos a atrapar a un ladrón" y tomó su mano para ayudarla a levantarse, ambos salieron de la habitación y se dirigieron afuera donde vieron a Albert esperando junto al auto de Danny.

"Samuel me señaló el auto de Abe y ahora no está en el área de estacionamiento. Esperen un segundo. Dios mío, hay un resplandor, una corona, un aura sobre ustedes dos. Díganme que se reconciliaron y resolvieron esta tonta 'amistad especial'".

"La tenemos Albert", dijo Toni, "ya no tenemos una 'relación especial', ahora estamos en una relación comprometida, ¿verdad, cariño?".

Danny, muy sonriente, dijo: "Bien".

"¿A qué hora nos esperan en el puerto?", preguntó Toni.

"No hay una hora específica. Reservé un chárter para todo el día desde las 9:00 a. m. hasta la hora que necesitemos. El capitán fue muy amable, especialmente cuando el precio cotizado no fue un problema y le di el número de mi tarjeta de crédito AMEX y, mágicamente, apareció como "aprobado" en la pantalla. Encontraremos un capitán feliz cuando lleguemos al puerto".

"Bueno, entonces, queridos, vamos y, Toni, quiero que me cuentes todos los chismes de tu novio. Cuéntame todo lo que te dijo Danny".

Mientras se dirigían al puerto, Toni ignoró la conversación de Danny y su simple respuesta. Por su parte, Albert no pudo evitarlo y necesitó sacar un pañuelo para limpiar su nariz.

"Ustedes dos me hacen llorar todo el tiempo. Es maravilloso tener lágrimas de alegría".

Al llegar al puerto, Danny aparcó y dijo: "Bien, vamos a buscar el Song Seeker. Ese es el nombre del barco de avistamiento de ballenas que alquilé para nosotros. El nombre de la capitana es Cora Marietta. Tiene cinco miembros de tripulación en el barco y debe-ría ser un crucero interesante".

En poco tiempo, encontraron al Song Seeker y Danny gritó: "¡Ahoy, capitana Cora, permiso para subir a bordo!".

Oyó una fuerte risa que provenía de la proa del barco: "¿Es usted, señor Monk? Lo estaba esperando a usted, no a Errol Flynn llamándome. Bienvenidos usted y su grupo. Suban a bordo. Estaremos listos cuando usted lo ordene".

Al subir al barco, Albert estaba un poco tambaleante y casi tropieza, pero un par de manos enormes lo agarraron del brazo y, al mirar hacia arriba, vio a un joven Adonis.

"¡Dios mío, me salvaste! Muchas gracias…", insinuando que quería un nombre.

Con una gran sonrisa, el joven Adonis respondió: "Bruce, Bruce Laramie, soy el primer oficial de la capitana Cora, a su servicio", y se dispuso a zarpar.

Albert sonríe, mira a Toni y con picardía dice: "Puede estar a mi servicio cuando quiera".

"¡Oh, Albert, basta! ¡Podría ser tu nieto!".

Con una mirada de insulto, todo lo que Albert le respondió a Toni fue: "Pensé que eras mi amiga, pero con esa declaración, estoy empezando a dudar", y se dirigió a la popa del barco donde estaban instaladas unas tumbonas.

Toni encuentra a Danny en el costado de estribor del barco, mirando su teléfono. "¿Qué estás haciendo, cariño?".

Se gira hacia Toni y piensa: Me gusta cómo me llama cariño, y le responde rápidamente: "Me estoy asegurando de que haya cobertura para la cámara y se ve genial. Mira".

Toni mira y ve a una de las empleadas de la posada limpiando la habitación de Albert. "Esa es Becky. Dios mío, la claridad de la cámara es excelente. Esto debería funcionar, Danny. Solo necesitamos que Abe actúe pronto".

"Lo hará. El cebo es demasiado grande y tengo la sensación de que lo que realmente le pase a su reloj le va a reportar una gran indemnización al seguro, sin coste alguno para él, por cierto".

Toni iba a decir algo, pero la capitana Cora la interrumpió: "Señor Monk, ¿nos vamos o no? El océano nos llama. Puedo sentirlo".

"Sí, zarpemos, pero ya sabe cómo proceder, capitana: no muy lejos del puerto. Necesitamos regresar rápidamente en cualquier momento.

"Sí, señor. Después de todo, es su dinero y mi padre siempre decía que el cliente casi siempre tiene razón".

"¿Casi siempre? ¿No es cierto que el cliente siempre tiene la razón?".

"No está en su libro".

Y con eso, la capitana Cora agita su mano derecha sobre su cabeza y el Song Seeker se aleja.

Capítulo 48

Segunda Guardia

Desde su posición privilegiada, Abe lleva más de treinta minutos observando el puerto, esperando a que Monk y sus amigos llegaran y, como siempre ha sido un hombre paciente, se vio recompensado cuando apareció el descapotable rojo y salieron los tres ocupantes.

Una de las pocas aficiones que ha disfrutado Abe a lo largo de los años ha sido la observación de aves. Disfrutaba adentrándose en los campos y en los grandes parques nacionales para realizar esta actividad. Por este motivo, siempre llevaba sus prismáticos en el maletero del coche, porque a menudo se detenía durante el trayecto para observar aves. Hoy, esos prismáticos permitían ver en primer plano a los tres compañeros del desayuno.

Ese viejo pomposo decía la verdad. Sus amigos lo llevan a un viaje por mar, pensó Abe. Un viaje por mar, como lo llamó Albert, resultó ser simplemente una excursión para observar ballenas. El resultado de este ejercicio durante esta época del año sigue siendo incierto, ya que existe la misma probabilidad de que tenga éxito o no, ya sea que implique avistar un grupo de ballenas o solo una ballena. A Abe no le importaba eso. Solo quería estar seguro de que estos tres no lo molestaran durante al menos tres horas hoy. Abe también investigó un poco en su teléfono mientras esperaba y descubrió que los tres barcos de observación de ballenas en el puerto atendían a diferentes círculos económicos, por lo que se concentró en el rango de precios bajo a medio alto al explorar el puerto.

Un barco era demasiado grande, pero el segundo, el Song Seeker, sería el indicado para este trío hoy. Al ser el más pequeño, parecía estar pensado para eventos familiares y salidas de grupos corporativos pequeños, ya que su capacidad era de solo veinte personas y costaba 129 dólares por persona por un viaje de avistamiento de ballenas de tres horas. Recauda una suma considerable.

Hoy, aunque el Song Seeker sólo tenía tres pasajeros, Abe hizo los cálculos mentalmente y pensó en voz alta: "Esta pequeña excursión le ha costado a Monk más de 7.000 dólares. Debe tener una librería muy rentable. Quizá tenga que visitar su pequeño pueblo, Northport, y echarle un vistazo al lugar".

Abe se da cuenta de que hay movimiento y ve que Song Seeker se aleja del puerto. Una curiosidad incesante lo impulsa a seguir adelante, empujándolo a validar su excusa de visitar la librería en caso de que alguien preguntara. Además, el desafío de encontrar un libro verdaderamente cautivador se estaba volviendo cada vez más abrumador, en particular, con las absurdas sugerencias de Albert.

Abe regresó a su auto, echó un último vistazo al puerto y al Song Seeker que dejaba las cabezas del puerto y pensó para sí mismo: Sí, estoy listo para irme, y apuntó su auto hacia la librería para curiosear un poco y darle al Song Seeker suficiente tiempo para llegar en medio del océano antes de regresar a la posada y ver si podía conseguir un segundo reloj en este viaje de vacaciones.

Capítulo 49

Ping Telefónico

Los tres se habían trasladado a la popa del Song Seeker para disfrutar de las tumbonas que les habían proporcionado y Toni no pudo evitar preguntar: "Danny, ¿cuánto te ha costado este pequeño viaje?".

Danny pensó que no debía decir cuánto, sino responder a la pregunta con una pregunta propia: "¿Importa, Toni? Tengo los fondos disponibles y están en una cuenta con intereses devengados. ¿Por qué no gastarlos? Disfruta del viaje y, aunque no nos alejemos demasiado de la costa, existe la remota posibilidad, según la capitana Cora, de que una ballena pase nadando junto a nosotros, incluso tan cerca de la costa".

"En otras palabras, no me estás respondiendo, ¿verdad?".

Danny iba a responder, pero Bruce salvó el día: "¿Alguien quiere un cóctel?".

"Oh, cariño Bruce, eres un salvavidas. Me estoy asando aquí y un mojito podría refrescarme. ¿Puedes prepararnos uno?".

"Por supuesto, señor. Haré una jarra y la sacaré en unos minutos".

"Por favor, cariño, llámame, Alberto. Estamos aquí, en este vasto océano y, necesitamos amigos, ¿no es así?".

Bruce le devolvió la sonrisa a Albert, pero no respondió; se limitó a decir: "Enseguida vuelvo con sus bebidas".

Cuando Bruce entra a preparar las bebidas, Danny le pregunta: "Albert, ¿desde cuándo te llaman Alberto?".

Albert se inclina hacia delante desde su silla y simplemente dice: "Danny, ¿has mirado bien a Bruce? Es hermoso y un hombre hermoso necesita un amigo con un nombre exótico. Albert no servirá en este crucero".

Albert se vuelve hacia Toni y le pregunta: "Es hermoso, ¿verdad querida?".

"No es mi tipo, Albert. Me gustan bajitos, gordos y feos".

"Oye, ¿no te refieres a mí? ¿Verdad?", espeta un Danny descontento.

"Sí, cariño, me refiero a ti. Bajito, gordo y feo, tal como me gustan ellos y, por lo tanto, tú".

"Bueno, tendré que llevarte a un optometrista en cuanto lleguemos a la costa para que te revise esos lindos ojos tuyos. Creo que necesitan un ajuste".

Todos se rieron juntos mientras Bruce traía las bebidas y, después de servirlas, Albert volvió a preguntar: "¿Hay algo? ¿Pasa algo en mi habitación, Danny? ¿Dónde está Abe? Solo tenemos un tiempo limitado antes de volver a la costa, ¿verdad?".

Danny saca su teléfono y se lo muestra a Albert. Le responde: "No, Albert, mira, no ves ningún pitido que indique que entraste a tu habitación desde que Becky la ordenó por ti esta mañana. Recibiré un pitido y luego podremos mirar, así que relájate. Pasará cuando tenga que pasar".

"El suspenso también me está matando, Danny", añadió Toni.

"No te estoy hablando a ti".

Una vez más, esto provocó risas, porque el tono de Danny era simplemente juguetón en su respuesta.

Había pasado otra hora y la capitana Cora apareció con una gran propuesta: "Señoras y señores, ¿quieren algo de comer? Nuestro cocinero no es un chef de cinco estrellas, pero les ha preparado un excelente almuerzo. Ha preparado como entrada camarones gigantes marinados en una mezcla de leche de coco, jugo de limón, ajo y jengibre. Se ensartan y se asan a la perfección, lo que les imparte un sabor ahumado y se sirven con una guarnición de salsa de mango picante para una explosión de frescura tropical. Luego, como plato principal, ha preparado filetes de mahi-mahi frescos sazonados con una mezcla de especias como pimentón, comino y cilantro, salteados en la sartén hasta que estén dorados y crujientes por fuera, mientras que permanecen tiernos y escamosos por dentro. El pescado viene con una vibrante salsa de piña hecha con piña cortada en cubitos, cebolla roja, jalapeño, cilantro y jugo de limón, que agrega un contraste dulce y picante al pescado y se acompaña con una guarnición de arroz con coco y espárragos a la parrilla para complementar los sabores. Esperando que esto no los haya llenado, ha preparado un postre que es para morirse de la risa. Es una cremosa y deliciosa panna cotta infusionada con leche de coco y puré de mango fresco. ¿Están listos?".

Los tres mosqueteros se miraron y Albert tuvo que preguntar: "¿Hay vino?".

"Por supuesto, le pediré a Bruce que traiga una botella de Sauvignon Blanc de Nueva Zelanda, que será el mejor acompañamiento para su comida. ¿Le parece bien, señor Monk?".

Impresionado, Danny simplemente respondió con un simple asentimiento y levantando su vaso de mojito, que la capitana Cora devolvió con una pequeña reverencia y se dirigió al interior para contarle a Bruce sobre el pedido de vino y pedirle al chef que trajera la comida.

"¿Eso formaba parte del costo del barco?", preguntó Toni, cuestionándose cuánto costaría esa comida.

"No estoy seguro, cariño. Lo sabremos al final del viaje. Disfrutemos de la comida y no nos preocupemos por eso".

"Escucha, escucha", dijo Albert, levantándose, agarrando la jarra de mojito y sirviendo más bebida.

Veinte minutos después, Bruce anunció que el almuerzo estaba listo en el comedor y entraron.

Al entrar al comedor, Albert se quedó sin aliento: "Esto es espectacular. ¡Incluso tiene una lámpara de araña!".

Se sentaron justo cuando el chef llegó con los platos principales. Después de disfrutar de los camarones gigantes, Bruce saca los platos y en unos segundos entra el chef una vez más, esta vez con el pescado, que se veía simplemente hermoso en sus platos. Bruce se mantiene ocupado sirviendo el vino de Nueva Zelanda, incluso cuando Albert lo interrumpe, haciendo ojitos saltones y pestañeando.

Al terminar de comer, Danny proclama: "Eso sí que sería una competencia para nuestro chef de Petite Maison".

"¿Nuestro chef? ¿Tienes un restaurante?", preguntó Toni.

"Sí, y también algunas cosas más. Somos una empresa diversificada", responde Albert con voz entrecortada.

"Tendrá que explicarnos más sobre esto, señor Monk, cuando tengamos un momento juntos".

"Sí, querida", dijo Danny, mirando a Toni con todo el cariño que sentía por ella. Iba a añadir alguna frase sentimental cuando la capitana Cora entró con tres platos de postres en la mano.

"Ah, veo que ya están listos para el postre", y, colocando cuidadosamente un plato al lado de los platos de pescado vacíos, los toma con cuidado, se da vuelta y agrega: "Asegúrense de dejar algo de espacio para un poco de brandy. Si no les importa, me gustaría unirme a ustedes y dejar que mi primer oficial haga los honores de navegar el resto del tiempo".

"Por favor, capitana Cora", dijo Danny. "Estoy seguro de que puede contarnos algunas historias del mar mientras disfrutamos del brandy". Antes de que la capitana Cora pueda responder, Danny recibe un fuerte pitido en el teléfono. Una rápida mirada le dibuja una sonrisa en el rostro y hace una señal a Toni y Albert para que se acerquen. Cuando ellos también miran la pantalla del teléfono, esa misma sonrisa aparece en sus rostros.

"Capitana, vamos a dejar pasar el brandy. ¿En cuánto tiempo puede llevarnos de vuelta al puerto y a nuestro coche?".

"Dado que me pediste que te alejara de la vista de la costa y luego nos moviéramos de un lado a otro para no estar muy lejos, no más de veinte minutos. ¿Eso servirá?".

"Estará bien, capitana. Gracias".

La capitana Cora abandona el comedor y se dirige al puente, dejando a sus invitados en el comedor.

Un trío extraño, pero, por otra parte, todo pagado por adelantado y el señor Monk incluso añadió una generosa propina. Me pregunto qué estarán haciendo en Bahía de Cristal, pensó la capitana Cora y se encogió de hombros mientras daba la orden para que el barco regresara a su puerto.

Capítulo 50

Roebuck S. Cooke

Para su sorpresa, Abe hizo una compra en la librería. Compró un libro del autor mencionado anteriormente titulado: Mending Hearts at Crystal Cove, que era un título genial y, casualmente, compartía el nombre de la misma ciudad. El empleado de la librería le dijo que era una historia de crimen y romance, así que ¿por qué no? Tenía un precio razonable y una hermosa portada. Después de pagarlo, regresó a la posada y, al pasar por la recepción, se detuvo y le dijo a Gertie que había estado comprando el libro y que le preparara la cuenta porque él quería salir dentro de una hora ya que algo había surgido que requería su atención en casa.

"¿Qué le parece si almorzamos, señor Reynolds? ¿Le gustaría almorzar aquí antes de irse?".

"No, Gertie. No tengo tiempo. Tomaré algo de camino a casa. Ten preparada la cuenta para que podamos pagar antes de que me vaya". Y dicho esto, Abe subió las escaleras.

Nadie esperaba esto. Esto no era lo que Danny y el resto habían planeado, así que llamó rápidamente a Danny, pero el teléfono es-taba ocupado, así que dejó el auricular y decidió darle unos minutos a la línea telefónica antes de volver a llamar.

Abe no perdió el tiempo.

Primero, se dio cuenta de que alguien había hecho el mantenimiento de su habitación y, muy probablemente, también del resto de las habitaciones de la posada. Hizo las maletas rápidamente. No se molestó en doblar nada y se aseguró de llevarse todo lo que hubiera en el baño que pudiera proporcionar muestras de ADN. Después de hacer las maletas, sacó varios paños de microfibra y de algodón que siempre llevaba consigo y limpió todas las superficies que creía que podría haber tocado durante su estancia en la habitación. Después de terminar, recuperó su kit de ganzúas y se dirigió al pasillo.

No había nadie en el pasillo, así que Abe se dirigió rápidamente hacia la puerta de la habitación de Albert y la abrió de prisa. Buscó el reloj en la mesilla de noche y allí estaba, esperando a que alguien lo tomara. ¿Esto fue demasiado fácil?, pensó. Su experiencia le decía que la mayoría de la gente intentaría al menos ocultar de algún modo sus objetos de valor si no utilizaban la caja fuerte de un hotel. Escondían los objetos de valor en el baño, en su neceser, dentro del equipaje o en su ropa. Esto le pareció sospechoso a Abe, así que se quedó allí, sin moverse durante unos minutos, pensando.

Abe miró a su alrededor. Todo parecía estar en orden. ¿Por qué estaba preocupado? Nunca se había preocupado. La primera vez había entrado en la habitación con un borracho dormido dentro y tomó lo que quiso. ¿Por qué dudaba ahora?

Después de unos minutos, Abe se relajó. No tenía de qué preocuparse. El tonto probablemente era rico como Monk y no se preocupaba por cosas así. Sí, estoy seguro de que no le preocupa que le ocurran robos. Qué viejo egoísta y pomposo, supuso Abe en su mente y, con eso, agarró el reloj y se lo guardó en el bolsillo.

Una vez más, limpia la mesita de noche y el pomo interior de la puerta y la abre. De nuevo, no hay nadie en el pasillo, así que cierra la puerta, limpia el pomo exterior y se dirige a su propia habitación como si nada hubiera sucedido.

Gertie finalmente se puso en contacto con Danny, compararon notas y, después de aceptar las sugerencias de Danny, hizo que Samuel saliera y buscara el auto de Abe y desinfló uno de los neumáticos traseros para retrasar su partida. Tan pronto como le dio a Samuel las órdenes de marcha, llamó al detective y le dijo que se apresurara a ir a la posada. "Ya sucedió y se irá pronto", fue todo lo que Gertie le dijo al detective Callum.

Gertie miró la hora y vio que faltaban unos minutos para la hora de entrada. Bien, solo llega un nuevo huésped. Dijo que no estaba seguro de la hora, pero que llegaría poco después de la hora de entrada. Ojalá que todo esto termine pronto, pensó.

Gertie ve entrar a Samuel y asiente con la cabeza, indicándole que su tarea de desinflar el neumático había terminado. "Dios mío. ¿Dónde estaban Danny y el resto?", murmuró Gertie para sí misma, preocupada de que pudieran llegar tarde, aunque Danny dijo que llegarían en una hora más o menos. Miró su reloj. Había pasado una hora, así que tal vez entrarían por la puerta principal pronto.

En ese momento, Abe baja las escaleras con sus dos maletas en la mano.

"Hola Gertie, ¿tienes lista mi factura?".

"Sí, la tengo. Solo me llevará un momento imprimirla. ¿Quiere que Robert lleve sus maletas al auto?".

"No, no será necesario, puedo organizarlas. La factura, por favor. Quiero salir a la carretera antes de la hora pico".

Gertie se rio para ganar tiempo y dijo: "Es gracioso, señor Reynolds. No hay hora pico en Bahía de Cristal. Es muy gracioso", y Gertie sigue jugueteando con la computadora.

Abe estaba empezando a molestarse por la demora, pero no quería hacer una escena y llamar la atención y, siendo un hombre paciente, esperó a que se imprimiera la factura.

"Bueno, hola, Abe. ¿Vas a algún lado?". Abe escucha y se da vuelta para ver a Danny, Albert y Toni entrando.

"Hola de nuevo, Danny. Sí, recibí una llamada de casa y necesito salir temprano, así que estoy esperando mi factura para poder pagarla y seguir mi camino".

"Nunca tomamos ese café, Abe. ¿Qué tal si tomamos una taza y luego te vas?".

"Me encantaría, pero no tengo tiempo. ¿Vas a tener la factura pronto, Gertie?". Ahora parecía irritado.

Sin poder esperar más, Gertie presiona la tecla de impresión y el billete sale en dos segundos y ella se lo entrega a Abe, quien lo examina rápidamente y le entrega su tarjeta VISA para el pago.

"Gertie, rápido por favor, tengo que salir. Se me está haciendo tarde. No me gusta conducir de noche y cuanto más espere, más posibilidades hay de que no llegue a casa antes de que oscurezca".

Gertie procesa la tarjeta de crédito y Abe la firma, espera su recibo y se dirige a Danny y al resto.

"Ha sido un placer. Espero que su estancia sea tan agradable como lo ha sido para mí, adiós por ahora".

Abe agarra sus dos maletas y comienza a sacarlas por la puerta, que se cierra detrás de él.

Danny se gira y mira a Gertie: "¿Estamos bien?".

Con una sonrisa en su rostro, Gertie se limita a decir: "Samuel hizo su parte".

"Bien. Ahora vayamos al comedor y esperemos a que Abe regrese".

Al entrar, ven que en el comedor hay algunos huéspedes tomando el té de la tarde. El señor Aloysius y la señora Evelyn Maxwell están allí tomando el té, mientras que los recién casados, Jim y Sally Wentworth, parecen estar disfrutando de cócteles en lugar del café o el té habituales. Por último, la señora Lititz Carter, como siempre, muy elegante, se está humedeciendo los labios con una mimosa. El único que falta es el señor Homer Witham, que tenía que pagar esa mañana.

Samuel se acerca a ellos y susurra: "¿Escucharon?".

"Sí, lo escuchamos Samuel. Gracias por hacerlo. ¿Qué te parece si tomamos un café cuando tengas un momento?".

"Le pediré a Robert que tome sus órdenes. Quiero ver qué sucede cuando Reynolds encuentre la rueda pinchada. Los mantendré informados".

Samuel regresa a la barra y habla con Robert, quien se acerca a tomar sus pedidos de café mientras Samuel va a la cocina.

Después de que Robert saca el pedido, Albert no puede contenerse: "¿Y ahora qué, Danny? ¿Y si Abe ve la rueda pinchada y la arregla él mismo? Se irá y no veo a ese joven detective por ningún lado. ¿Y tú?".

"Albert, he observado a Abe Reynolds. No va a reparar sus propios neumáticos. O bien tendrá a una empresa de servicios de carretera en su coche o pedirá ayuda. No es el tipo de persona que hace mucho trabajo físico en estos días. En su juventud tal vez, pero no ahora".

Como si lo hubieran llamado, Abe entra al comedor.

"Parece que mi destino no es irme temprano. Tengo una rueda pinchada. Como mi coche no tiene servicio de carretera, le pedí ayuda a Gertie. Me dijo que esperara aquí, tomara un café y ella se ocuparía de todo. ¿Te importa si me uno a ustedes para tomar esa taza de té de la que hablamos antes?".

"Por favor, Abe, siéntate", y Danny le hace un gesto a Robert para que se acerque y tome el pedido de Abe: un expreso.

Un minuto o dos después, Robert regresa con el café de Abe.

La mesa está en silencio y Abe siente la tensión y pregunta: "¿Está todo bien? Todos ustedes parecen un poco tensos. ¿Pasó algo durante el viaje en barco?".

Antes de que Danny pudiera hablar, Gertie asoma la cabeza en el comedor y le levanta el pulgar.

Está bien, pensó Danny, aquí vamos.

"Sí, Abe, de hecho, algo pasó mientras estábamos en el barco. Hubo un robo".

"Dios mío. ¿Alguien en el barco les robó algo a alguno de ustedes, o quizás a su auto? ¿Qué pasó? Díganmelo".

"Puedo hacerlo mejor, Abe. Puedo mostrártelo", y Danny saca su teléfono y pulsa algunos botones.

"Dime qué ves, Abe", fue todo lo que dijo Danny.

Danny le entrega su teléfono a Abe y Abe comienza a mirar el video de sí mismo mientras está de pie en la habitación de Albert. Se observa a sí mismo haciendo lo que hizo durante su entrada. Le devuelve el teléfono a Danny y no dice nada.

Abe se echa a reír tan fuerte que todos los invitados se giran para mirarlo.

"Ese video no significa nada. Me voy", y Abe se levanta, pero cuando se acerca a la puerta, el detective Liam Callum y dos agentes de policía de Nueva Gales del Sur le bloquean el paso.

"Señor Reynolds, por favor, coloque las manos detrás de la espalda. Está detenido por el intento de robo del reloj del señor Guzmán y el posible intento de defraudar a su compañía de seguros".

"No tienes nada. Ninguna prueba. Solo un video falso".

Con eso, un tercer oficial aparece con una de las maletas de Abe y la abre para revelar el reloj de Albert y el reloj supuestamente robado que Abe reportó solo con el informe escrito que Abe firmó para reclamar su seguro.

Abe no dijo nada más y el detective Callum lo entrega a los dos oficiales de policía que lo conducen hacia la puerta principal mientras el detective, Danny, Albert, Toni, Samuel y Gertie lo siguen como en una conga para ver a Abe salir por la puerta y ver una grúa cargando su auto y otros tres vehículos policiales esperando junto al auto de Abe.

Danny se da cuenta de que un BMW X4 deportivo se acerca y se estaciona con un hombre de mediana edad que se baja y observa todo lo que está sucediendo.

"Dios mío, ¿cuándo crees que veré mi reloj, detective?", pregunta tímidamente Albert.

"Tendremos que conservarlo como prueba durante un tiempo, pero no debería ser por mucho. Gracias a todos por ayudarnos con este caso", y esboza una enorme sonrisa y mira a Danny: "Tendré que contarle al detective jefe Cassell sobre tu ayuda".

"Sí, hazlo", respondió Danny casi sarcásticamente, haciendo reír a Callum en voz alta mientras salía por la puerta principal. El grupo se dirige al mostrador de recepción y tanto Samuel como Gertie se colocan detrás de él mientras Danny, Albert y Toni los miran de frente. Toni se ríe un poco y dice: "Eso no lo esperaba. Danny Monk, trajiste emoción a Bahía de Cristal con tu estadía aquí".

"No fue mi intención. Vine a mejorar y lo hice al encontrarte, Toni. Atrapar a Abe fue una ganancia".

"Escucha, escucha", dijo Albert, "vamos al bar y tomamos algunas bebidas, todo corre por cuenta de Danny" y se da vuelta y choca con un hombre alto y buen mozo. Albert mira al hombre y reacciona: "Vaya, eres alto y guapo, además. Me alegro de encontrarte. Estaré en el bar con mis amigos si quieres acompañarnos. Mi nombre es Albert Matthew Guzmán y mi amigo Danny Monk y su novia, Toni Webster. ¿Y tú eres?", pregunta Albert sonriendo.

"Mi nombre es Roebuck S. Cooke".

"Sí, señor Cooke", interviene Gertie, "bienvenido. Lo estábamos esperando. Se hospedará en el Lighthouse Loft. Su habitación está lista. ¿Necesita ayuda con su equipaje?".

"No, estoy bien. ¿Puedes decirme qué pasó aquí?".

"Ay, cariño, ese hombrecito", señalando a Abe mientras la policía lo escolta hasta la puerta, "me robó mi reloj y lo hemos pillado. La policía se lo ha llevado, como has visto", intervino Albert.

"Ustedes ayudaron a atraparlo. ¿Todos ustedes?".

"Sí, cariño. Lo hicimos. Prácticamente somos policías".

"Señor Cooke, por favor no escuche a mi amigo, él tiende a exagerar las situaciones. Sí, ayudamos, pero no somos policías. Sólo ciudadanos preocupados".

"Es bueno saber que todavía hay gente buena en el mundo. No veo mucho a ese tipo de gente en el trabajo al que me dedico".

"Cariño, ¿a qué te dedicas?", preguntó nuevamente Albert.

"Soy dueño de una agencia de detectives privados, Adler and Finch Investigations", y entrega su tarjeta.

"Y estás aquí en Bahía de Cristal para…" pregunta Toni.

"Un descanso muy necesario. Acabo de cerrar mi oficina en el CBD de Sídney después de un caso exitoso de hurto y recuperación de objetos de arte y antigüedades robados. Me fue tan bien que contrataré a algunos asociados para que me ayuden a hacer crecer el negocio. Planeo especializarme en este tipo de trabajo en el futuro, contratando a compañías de seguros sobre la base de un porcentaje de recuperación en sus viejos casos sin resolver. En este último caso, me fue muy bien y con los fondos que gané, decidí dejar el CBD y dirigirme a los suburbios y encontré una ciudad adinerada. Acabo de comprar un edificio y estoy esperando que el contratista termine la remodelación que el arquitecto diseñó para el espacio de la oficina y que lleguen los muebles nuevos. Es posible que hayas oído hablar de esta pequeña ciudad. Se llama Northport". Danny y Albert se miran y luego miran a Toni.

La boca de Albert se abre y lo único que se le oye decir es: "Oye, qué mierda".

El Autor

José F. Nodar

La historia de José, que se vio envuelto en uno de los mayores desafíos de la vida a los once años, comenzó en La Habana, Cuba. La revolución cubana lo obligó a subirse solo a un avión y lo llevó a un orfanato en un pequeño pueblo de Georgia llamado Washington. No se reencontraría con sus padres hasta que cumplió dieciocho años y se graduó de la escuela secundaria en Atlanta.

En la Universidad Estatal de Georgia se concentró en la administración de empresas. Desde allí, se internó en el mundo de las finanzas, primero en el First National Bank de Atlanta (ahora Wells Fargo) y más tarde como gerente de proyectos en consultoría financiera. Estos puestos lo llevaron por Estados Unidos, Europa e incluso Australia.

Fue en Camden, Nueva Gales del Sur, Australia, donde una chispa encendió el lado creativo de José. Un grupo de escritores se convirtió en la plataforma de lanzamiento de su primera novela y, poco después, su mente dio a luz a Danny Monk, su primer personaje importante.

Actualmente, José es un escritor prolífico y trabaja en su séptima colección de cuentos junto con una nueva novela policial cuyo lanzamiento está previsto para 2025.

Pero la vida de José no gira solo en torno a la escritura.

Cuando no está creando historias cautivadoras, es posible encontrarlo en el centro comercial local, observando el mundo y reuniendo inspiración para futuros personajes.

También cuando no está frente a su computadora, se sumerge en los libros o disfruta de largas y tranquilas caminatas con su esposa Miriam por Camden.

Visita www.jfnodar.com.au para saber más sobre este autor.

www.ingramcontent.com/pod-product-compliance
Lightning Source LLC
Chambersburg PA
CBHW040522170726
48295CB00012B/300